로미오와 줄리엣

로미오와 줄리엣

Romeo and Juliet

윌리엄 셰익스피어 희곡　도해자 옮김

ROMEO AND JULIET
by WILLIAM SHAKESPEARE (1595)

이 책은 실로 꿰매어 제본하는 정통적인 사철 방식으로 만들어졌습니다.
사철 방식으로 제본된 책은 오랫동안 보관해도 손상되지 않습니다.

등장인물

코러스 연극 해설자

로미오 몬터규의 외동아들, 상속자
몬터규 몬터규 가문의 가장, 로미오의 아버지
몬터규 부인 로미오의 어머니
벤볼리오 몬터규의 조카
에이브러햄 몬터규의 하인
발터자 로미오의 하인

줄리엣 캐풀렛의 외동딸
캐풀렛 캐풀렛 가문의 가장, 줄리엣의 아버지
캐풀렛 부인 줄리엣의 어머니
유모 줄리엣의 유모
티볼트 줄리엣의 외사촌
퍼트루키오 티볼트의 친구
캐풀렛의 사촌

샘슨 캐풀렛의 하인

그레고리 캐풀렛의 하인

피터 줄리엣 유모의 시중꾼

에스컬러스 영주 베로나의 통치자

머큐쇼 에스컬러스의 친척, 로미오의 친구

패리스 백작 에스컬러스의 친척, 젊은 귀족

로런스 신부 프란체스코 수도회의 수사

존 신부 프란체스코 수도회의 수사

약제사

경비대장

시민 경비대원들

세 명의 악사

그밖에 두 가문의 친척들 및 하인들, 시민들 등 다수

프롤로그

코러스[1] 등장.

코러스 저희 연극의 무대인 아름다운 베로나에서
비슷한 권세를 누리는 두 가문이
해묵은 원한 때문에 다시 싸움을 벌여
시민의 손이 같은 시민의 피로 물듭니다.
파멸을 부르는 이 두 원수 가문에
불길한 별자리의 연인 한 쌍이 태어나
불행하고 애처로운 죽음을 맞이하니,
자식의 죽음으로 부모들의 반목이 끝납니다.
죽음이 예견된 이들 사랑의 무서운 여정과

1 고대 그리스의 연극에서 여러 명으로 구성된 합창단인 코러스는 노래하고 춤을 추면서, 극중 진행되는 사건에 개입해 다른 등장인물과 대화하고, 사건에 대해 논평을 하거나 관객에게 정보를 주고 관객의 특정 반응을 유도하기도 하는 등 핵심적인 등장인물 중 하나였다. 이런 코러스의 역할은 역사적으로 점점 축소되는 과정을 거쳐 셰익스피어 시대에 이르러서는 극에 개입하지 않는 외부 해설자에 머물게 되었다. 이하 모든 주는 옮긴이의 주이다.

자식의 죽음만이 멈출 수 있는
부모들의 계속된 불화가 지금부터
두 시간 동안 무대에서 펼쳐집니다.
여러분이 차분히 귀 기울여 주시면
부족한 점은 저희들이 노력해서 고치겠습니다.[2]

2 셰익스피어의 극작품들은 기본적으로 운문이고, 각운이 없는 약강 5보격의 무운시이다. 하지만 코러스의 대사는 각운이 있는 14행 구성의 서정시 〈소네트〉로, 각운 형식은 〈abab cdcd efef gg〉이며, 셰익스피어는 1609년에 이 각운 형식으로 된 154편의 소네트 연작을 펴냈다.

제1막

제1장

(베로나의 길거리)

캐풀렛 가문의 샘슨과 그레고리가 칼과 방패를 들고 등장.[3]

샘슨 그레고리, 더러운 짓거리를 그냥 참아서는 절대 안 돼.

그레고리 물론이지. 안 그러면 우린 더러운 인간이지.

샘슨 화를 돋우면 칼을 빼자는 말이야.

그레고리 그래. 살려면 교수대 올가미에서 목을 빼야지.

샘슨 흥분하게 하면 바로 덮쳐 버리겠어.

그레고리 넌 그렇게 빨리 흥분해서 덮치는 사람이 아니잖아.

샘슨 몬터규 집안이라면 개만 봐도 흥분하게 되는걸.

그레고리 흥분한다는 건 동요하는 거고, 용맹하다는 건 꼿꼿이 서 있는 거야. 그러니까 네가 흥분한다면 도망치는 셈

3 교육받지 못한 계층인 하인들이 등장하는 이 장면은 대사가 산문으로 이루어졌으며, 음란한 성적 언어로 가득하다.

이지.

샘슨 그 집의 개만 봐도 불끈 선다니까. 몬터규네 하인 연놈들은 배수 도랑 쪽으로 밀치고, 벽 쪽 길을 내가 차지할 테야.

그레고리 그러면 네가 약해 빠진 거지. 약한 자들이 벽 쪽으로 가는 법이니까.

샘슨 맞는 말이야. 약한 존재인 여자들이 늘 벽 쪽으로 밀쳐지지. 그래서 난 몬터규네 하인 놈은 벽에서 밀어내고 하녀는 벽으로 밀어붙일 거야.

그레고리 주인들 싸움에 우리 하인들도 끼는군.

샘슨 그게 그거지. 나도 포악을 부려 볼 테야. 사내놈들과는 싸우고 처녀들에겐 친절을 베풀 거야. 그러고는 멱을 따 버리는 거지.

그레고리 처녀 목을?

샘슨 그래, 처녀 목이 됐든 처녀막이 됐든, 네가 좋을 대로 받아들여.

그레고리 그들이 그걸 느끼는 곳에서 받아들이겠지.

샘슨 내가 꼿꼿이 서 있는 동안 처녀들이 느낄 거야. 내 것은 꽤 괜찮은 물건이라고들 하니까.

그레고리 네가 생선은 아니라서 다행이네. 만약 생선이었다면 절여 말린 대구였을걸.[4]

4 소금에 절여 말린 대구는 값이 싸며 살이 탱탱하지 않고 쪼그라들었기 때문에 샘슨을 향한 조롱의 의도이다.

몬터규 가문의 에이브러햄과 다른 하인 등장.

네 연장을 꺼내. 몬터규 집안 놈들이 온다.

샘슨 연장 꺼냈어. 내가 뒤를 봐줄 테니 싸워.

그레고리 아니, 도망쳐 달아나려고?

샘슨 그런 걱정은 마.

그레고리 아니, 걱정되는데!

샘슨 우리 쪽에서 원칙을 어기지는 말자고. 저들이 먼저 시작하게 해야 돼.

그레고리 내가 지나가면서 인상을 쓰면 놈들은 자기 멋대로 받아들이겠지.

샘슨 아냐, 저놈들 배짱에 달려 있어. 내가 저들에게 엄지손가락을 깨물어 보일게. 그런데도 가만히 있으면 수치스러운 거지. (샘슨이 엄지손가락을 깨문다)

에이브러햄 우리한테 엄지손가락을 깨물어 보이는 거냐?

샘슨 난 그냥 내 엄지손가락을 깨물었을 뿐인데.

에이브러햄 우리한테 엄지손가락을 깨물어 보이는 거냐고!

샘슨 (그레고리에게) 그렇다고 하면 우리 쪽이 원칙을 지키는 걸까?

그레고리 아니.

샘슨 (에이브러햄에게) 아닌데. 난 엄지손가락을 너희들에게 깨물어 보이지 않았어. 그냥 엄지손가락을 깨물었을 뿐이라고.

그레고리 (에이브러햄에게) 지금 싸우자는 거야?

에이브러햄 싸우자는 거냐고? 아니.

샘슨 그렇지만 싸움을 걸어온다면 상대해 주겠어. 나도 너만큼 훌륭한 주인을 모시는 사람이거든.

에이브러햄 더 훌륭하진 않지.

샘슨 글쎄.

벤볼리오 등장.

그레고리 (샘슨에게) 더 훌륭하다고 말해. 우리 주인어른의 친척 한 분이 오셔.

샘슨 (에이브러햄에게) 아니, 더 훌륭한 분이야.

에이브러햄 헛소리하고 있네.

샘슨 사내대장부라면 칼을 뽑아. 그레고리, 너의 엄청난 칼솜씨를 보여 줘. (그들이 칼을 뽑아 서로 싸운다)

벤볼리오 (칼을 뽑으며) 어리석은 녀석들아, 그만해!
지금 무슨 짓을 하고 있는지 알아? 칼을 내려놔.

티볼트 등장.

티볼트 아니, 이 겁쟁이들과 싸우려고 칼을 뽑았단 말인가?
(칼을 뽑으며) 벤볼리오, 돌아봐라. 내가 죽여 줄 테니.

벤볼리오 화해시키려는 것뿐이야. 칼을 내려놔.
아니면 나를 도와 그 칼로 이놈들의 싸움을 말리든지.

티볼트 아니, 칼을 뽑아 들고 화해를 논하는 건가? 나는 지옥,

몬터규 사람들, 그리고 너만큼이나 화해라는 말이 싫어.
겁쟁이 자식, 자, 덤벼 보시지.

(벤볼리오와 티볼트가 서로 싸운다)

곤봉 또는 창을 든 시민들 서너 명 등장.

시민들 곤봉과 창을 들어라! 저놈들을 공격해라! 때려눕혀라!
캐풀렛 집안 놈들을 죽이자! 몬터규 집안 놈들을 죽이자!

늙은 캐풀렛과 부인 등장.

캐풀렛 이 무슨 소란이냐? 내 장검을 가져오거라.
캐풀렛 부인 지팡이겠죠, 지팡이. 뭐한다고 칼을 찾는답니까?
캐풀렛 내 장검을 달란 말이오.

늙은 몬터규와 부인 등장.

늙은 몬터규가 와서
나를 도발하려 칼을 휘두르고 있소.
몬터규 캐풀렛, 이 악당아!
(부인에게) 붙잡지 말고 놓아 주시오.
몬터규 부인 싸우러 가는 것이라면 한 발자국도 움직이지 못하게 할 거예요.

영주가 부하들과 등장.

영주 반역자들아! 평화를 해치는 자들아!

이웃의 피를 칼에 묻히는 불온한 것들아,

내 말이 들리지 않느냐? 이봐, 이 짐승 같은 것들아!

혈관에서 솟아 나오는 시뻘건 핏물로

치명적인 분노의 불길을 끄려는 것이냐?

고문이 두렵다면, 잘못 담금질된 무기들을

그 피비린내 나는 손에서 내려놓고

격노한 영주의 말을 들어라.

(몬터규, 캐풀렛, 그들의 추종자들이 무기를 내려놓는다)

몬터규와 캐풀렛, 당신들의 사소한 시비로

시민들 간에 소요가 세 번 발생했고

평온한 거리가 세 번이나 혼란에 빠졌소.

또한 베로나의 노인들은 저승길에 어울리는

복장과 지팡이를 마다한 채, 평화로운 시절에

묵혀 둔 낡은 창을 늙은 손으로 휘두르며

당신들의 케케묵은 반목을 막아 왔소.

또다시 이 거리를 소란케 하면, 당신들의 목숨으로써

평화를 해친 대가를 치르게 하겠소.

이제 나머지는 모두 순순히 물러가라.

캐풀렛, 당신은 나를 따라오고,

몬터규는 이번 사건 관련해서

내 뜻을 좀 더 전할 테니 오늘 오후에

유서 깊은 재판소인 프리타운으로 출두하시오.
다시 말하는데, 목숨이 아깝거든 모두 흩어져라.

(몬터규, 몬터규 부인, 벤볼리오는 남고 나머지 퇴장)

몬터규 이 해묵은 싸움을 누가 다시 시작했지?
조카야, 말해 봐라. 너는 처음부터 여기 있었니?

벤볼리오 도착했을 때 이미 숙부님의 하인들과
원수 집안 하인들이 싸우고 있었습니다.
저는 양쪽을 떼어 놓기 위해 칼을 뽑았어요.
바로 그때 불같은 성미의 티볼트가 칼을 빼 든 채 오더니
저에게 욕을 퍼부으며 자기 머리 위로 칼을 휘둘러
바람을 갈랐는데, 누가 다치기는커녕
휘익 하는 소리만이 그를 조롱하는 듯했습니다.
서로 치고받고 하는 사이 점점 더 많은 이들이
몰려와 편싸움을 벌였고, 마침내 영주님이 오셔서
양쪽을 갈라놓으셨어요.

몬터규 부인 로미오는 어디 있지? 오늘 봤니?
싸움판에 끼지 않아 정말 다행이구나.

벤볼리오 숙모님, 동쪽 황금빛 창문에서
거룩한 태양이 모습을 드러내기 한 시간 전에
마음이 심란하여 밖으로 산책을 나갔다가
도시 이쪽에서 서쪽으로 자라는
돌무화과나무[5] 숲을 아주 일찍부터

5 16세기 영국에서 〈*sycamore*〉는 뽕나무과에 속하는 돌무화과나무를 가리키는 단어로 사용되었다. 발음이 〈*sick-amour*〉(사랑의 열병이라는 의미)

거닐고 있던 로미오를 봤어요.
제가 그리로 향하자, 저를 피해 숲속으로
숨어 버리더군요. 아무도 없는 곳이 간절할 땐
지쳐 버린 자신 혼자만으로도
번잡하다고 느껴지는 제 마음에 비춰
로미오의 심정을 짐작해서, 그 애가 아닌
제 기분을 따랐고, 선뜻 저에게서
도망가는 그 애를 저도 기꺼이 피했답니다.

몬터규 우리 아이가 아침이면 종종 그곳에 가서
눈물로 신선한 아침 이슬을 늘리고
깊은 한숨으로 구름을 키운다더구나.[6]
그러다가 만물에 활기를 돋우는 태양이
새벽의 여신 오로라의 침대에 드리운 장막을
머나먼 동쪽에서 걷어 내기 시작하면,
우울한 녀석은 빛을 피해 집으로
살며시 돌아와 방에 자신을 혼자 가두곤
창문 가리개를 닫아 밝은 햇살을 차단하고
혼자만의 밤을 만든다더구나.
이런 성미는 암울하고 불길한 화근이 될 테니
잘 얘기해서 원인을 없애야 한다.

벤볼리오 숙부님, 원인이 뭔지 아세요?

와 비슷해서 셰익스피어는 「오셀로」, 「사랑의 헛수고」 등의 극작품에서도 우울에 빠진 연인의 이미지로 사용한다.

6 눈물, 이슬, 한숨, 구름 등은 우울에 빠진 연인을 묘사하는 전형적 이미지이고, 16세기 연애시에 자주 사용되던 과장법이다.

몬터규 모르겠다. 녀석에게서 알아내지도 못했고.

벤볼리오 온갖 방법으로 끈덕지게 물어보셨어요?

몬터규 나는 물론이고 다른 여러 친구들도 해봤지.
그러나 얼마나 진심인지는 몰라도
그 아이는 스스로가 자기 감정의 조언자가 되어
자신에게만 말할 뿐, 혼자서 비밀스레 입이 무거워
짐작하거나 알아낼 수가 없었다.
꽃봉오리가 향기로운 꽃잎을 펼치거나
그 아름다움을 햇살에 내맡기기도 전에
심술궂은 벌레에게 먹히는 것과 같다고 할까.
녀석의 슬픔이 무엇 때문인지 알 수 있다면
아는 대로 흔쾌히 치유해 줄 텐데 말이다.

로미오 등장.

벤볼리오 마침 로미오가 오네요. 잠시 자리를 피해 주시면
슬픈 이유를 알아내든 퇴짜를 맞든 해볼게요.

몬터규 네가 여기 남아 행여나 녀석의 진짜 속내를
듣게 된다면 정말 좋겠구나. 자, 부인, 우리는 갑시다.

(몬터규와 그의 부인 퇴장)

벤볼리오 상쾌한 아침이네.

로미오 아직도 아침이야?[7]

7 대사가 인쇄 지면상 한참 뒤에서 시작되는 것은 공연 시 벤볼리오의 대사가 끝나는 순간 곧바로 이어서 로미오 대사를 하라는 의미이다. 벤볼리오

벤볼리오 막 9시가 됐어.

로미오 아, 슬픈 시간은 길게 느껴지는군.

지금 급히 가신 분은 우리 아버지시지?

벤볼리오 맞아. 어떤 슬픔이 로미오의 시간을 길게 만드는 걸까?

로미오 시간을 짧게 만드는 그것을 갖지 못해서 그래.

벤볼리오 사랑에 빠졌어?

로미오 벗어 나와 있어.

벤볼리오 사랑에서 벗어났다고?

로미오 사랑하는 여인의 호감에서 벗어나 있지.

벤볼리오 아! 사랑이란 겉보기엔 무척 온화한데

실제로는 포악하고 거칠기만 하구나.

로미오 아! 사랑이란 항상 눈이 가려져 있는데

보지 않고도 제 뜻대로 찾아가는구나.[8]

식사는 어디서 할까?[9]

(피를 보고서) 세상에! 무슨 싸움이 벌어진 거야?

말하지 않아도 돼. 전부 들었으니.

미움이 많은 말썽을 부르지만 사랑은 더 심하지.

의 대사 〈상쾌한 아침이네〉와 로미오의 대사 〈아직도 아침이야?〉는 합쳐서 하나의 행을 이룬다.

8 로마 신화에서 사랑의 신 큐피드(그리스 신화의 에로스)는 흔히 눈을 가렸거나 눈이 먼 상태로 그려진다.

9 짝사랑을 하면 일반적으로 식욕을 잃지만 여기서 로미오는 식사에 관심을 보인다. 의도치 않게 로미오는 자신이 겉멋으로 우울증에 빠져 있음을 드러낸 것이다.

그렇다면 아, 싸우는 사랑이여! 아, 사랑하는 미움이여!
아, 아무것도 없는 데서 생겨나다니!
아, 무거운 경쾌함, 진지한 경박함,
아름다운 형태의 추한 혼돈,
납처럼 무거운 깃털, 밝은 연기, 차가운 불, 병든 건강,
자신의 속성을 부정한 채 늘 깨어 있는 잠과 같네!
이런 것에 사랑을 못 느끼는데 이런 사랑이 느껴져.
웃기지 않아?

벤볼리오 아니, 오히려 눈물이 나.

로미오 착한 친구, 무엇 때문에?

벤볼리오 착한 네가 고통 받으니까.

로미오 아, 사랑이 저지른 일이니 그렇지 뭐.
나 자신의 슬픔만으로 마음이 무거운데
너의 슬픔까지 더해져 더욱 북받쳐 올라.
네가 나에게 보이는 사랑은
크나큰 내 슬픔을 더 키울 뿐이야.
사랑은 한숨을 내쉬어 생기는 연기 같아서
맑아지면 연인의 눈에 불꽃이 일고
흐려지면 연인의 눈물로 바다를 이루지.
사랑이란 이런 거 아니겠어? 무척 현명한 광기이고,
목이 메는 쓸개즙이자 활력을 주는 감로수와 같아.
그럼 잘 가, 사촌.

벤볼리오 잠깐, 나도 같이 가.
이렇게 가버리면 너무하잖아.

로미오 쳇, 나는 나 자신이 아닌걸. 난 여기 없어.
이 몸은 로미오가 아냐. 걔는 다른 어딘가에 있어.

벤볼리오 진지하게, 누구를 사랑하는 건지 말해 봐.

로미오 뭐, 끙끙대며 네게 말하라고?

벤볼리오 끙끙대? 그게 아냐. 진지하게 누군지 말해 보라고.

로미오 아픈 사람더러 유서를 쓰란 말이군.
아픈 사람에게 그런 말은 더 뼈아픈 법이야.
진지하게 말하자면, 한 여인을 사랑하고 있어.

벤볼리오 사랑에 빠졌다는 정도는 짐작했어.

로미오 그렇다면 적중이군. 내가 사랑하는 이는 티 없이 아름다워.

벤볼리오 티 없이 제대로 된 과녁은 가장 빨리 맞히는 법이지.

로미오 음, 이번엔 빗나갔군. 그 여인은 큐피드의 화살로도
맞힐 수 없어. 디아나[10]의 지혜를 가졌고
순결이라는 튼튼한 갑옷으로 중무장해서
철없고 미약한 큐피드의 화살로는 어림없지.
사랑의 속삭임을 퍼부어도 끄떡없고
사랑의 눈길을 마구 보내도 거들떠보지 않고
성자마저 혹할 황금에도 다리를 벌리지 않아.
아, 그 여인은 아름다움을 풍부하게 가졌지만, 죽으면
그 아름다움도 모두 함께 사라지니 빈곤한 셈이야.

벤볼리오 아가씨가 평생 처녀로 살겠다고 서약이라도 했어?

10 로마 신화에 등장하는 여신으로, 사냥, 달, 자연, 출산의 수호신이자 순결의 여신이기도 하다. 그리스 신화의 아르테미스에 해당한다.

로미오 그래. 그렇게 아껴 두는 것은 큰 낭비지 뭐야.
금욕으로 메말라 버린 아름다움은 대대손손
전해지지 못하고 단절되니까. 그 여인은 너무나 아름답고
너무나 현명하며, 너무나도 현명하게 아름답지만
나를 절망에 빠뜨리고서 축복을 얻지는 못할 테지.
그 여인은 사랑을 하지 않기로 맹세했고, 그 맹세 때문에
난 이렇게 말은 하지만 산송장이나 다름없어.

벤볼리오 내 말대로 해. 그 아가씨는 잊어버려.

로미오 아, 잊는 법 좀 알려 줘.

벤볼리오 보는 눈을 자유롭게 해봐.
다른 미인들을 찾아보는 거지.

로미오 그렇게 하면
그녀의 빼어난 미모를 더 도드라지게 할 뿐이야.
미인의 이마를 감싸는 행복한 가면은
감춤으로써 가면 속 아름다움을 더 생각나게 만드니까.
어쩌다 눈이 멀게 된 사람은
상실한 시력이라는 보물을 잊을 수가 없어.
탁월하게 아름다운 아가씨를 보여 줘봤자
그 탁월한 아름다움마저 능가하는 미인이
누구인지 설명하는 각주에 불과할 거야.
잘 가. 넌 내게 잊는 법을 가르쳐 주지 못해.

벤볼리오 빚진 채 죽을 수는 없으니 내 꼭 가르쳐 주지. (퇴장)

제2장

(베로나의 광장)

캐풀렛, 패리스 백작, 하인 피터 등장.

캐풀렛 그렇지만 몬터규도 나처럼 맹세를 했고, 비슷하게
징벌을 받았죠. 우리 같은 늙은이들에게
평화롭게 지내는 일은 어렵지 않아요.

패리스 명망 높은 두 분께서 이렇게 오랫동안
반목하며 지내시다니 안타깝습니다.
그런데 이제 제 요청에 대한 답을 주시겠어요?

캐풀렛 앞서 드린 답을 반복할 뿐입니다.
내 딸애는 세상물정을 몰라요.
아직 열네 살이 채 안 됐죠.
여름이 물러나는 것을 두 번 더 봐야
결혼할 만큼 철이 들 듯합니다.

패리스 더 어려도 행복한 어머니가 되기도 하죠.

캐풀렛 너무 이른 혼사는 빨리 망가지는 법입니다.
하지만 직접 구애해서 마음을 얻어 보시죠.
딸애의 결정에서 내 의지는 사소하고,
그 애가 동의하면 그 선택 속에
내 허락과 축복이 담겨 있을 테니까.
오늘 저녁에 오랜 전통의 파티를 여는데,
내게 소중한 많은 분들을 초대했어요.

백작께서는 가장 환대받는 손님으로,
와주시면 자리가 더욱 빛날 겁니다.
어두운 하늘을 밝히고 지상에 내려앉은 별들을
오늘 밤 누추한 저희 집에서 보시지요.
절뚝거리며 물러나는 겨울의 바로 뒤를
화려하게 단장한 4월의 봄이 따라올 때
혈기 왕성한 청년들이 느끼는 그런 위안과 즐거움을
오늘 밤 저희 집을 찾는 싱그러운 아가씨들에게서
얻으실 겁니다. 두루두루 듣고 살펴서
가장 매력적인 여인에게 가장 많은 애정을 표시하세요.
제 딸이 보잘 것 없지만, 여러 아가씨들과 함께 놓고
자세히 보면 부족함이 없을 겁니다.
자, 함께 가시죠. (종이를 건네며 피터에게) 넌 가서
아름다운 베로나를 돌아다니며
여기 이름이 적힌 사람들을 찾아내고,
내 집에 초대하니 기꺼이 들러 달라고 말씀드려라.

(몬터규와 패리스 퇴장)

피터 여기 이름이 적힌 사람을 찾으라고? 연장으로 구두장이에게 줄자를 주고 양복장이에게는 구두 틀을 주며, 어부에게 붓을 주고 화가에게는 그물을 주라는 셈이군. 그래도 여기에 이름이 적힌 사람들을 찾으러 가야 하는데, 대체 누굴 적었는지 도무지 알아낼 수가 없네. 글을 배운 사람에게 물어봐야겠군. 딱 맞춰 저기 오네.

벤볼리오, 로미오 등장.

벤볼리오 (로미오에게) 쳇, 불은 맞불을 질러 끄고
고통은 다른 고통으로 무뎌지는 법이라고.
빙빙 돌다 어지러울 땐 반대로 돌면 괜찮아지고
크나큰 슬픔은 다른 슬픔의 고통으로 잊혀지지.
네 눈이 새로운 것에 감염되면
옛 눈병의 지독함은 사라질 거야.

로미오 거기엔 질경이 잎이 특효약이야.

벤볼리오 어디에 효과 있다고?

로미오 정강이 깊은 상처에.

벤볼리오 아니, 로미오, 너 미쳤어?

로미오 미치진 않았지만 미친 사람보다 더 구속돼 있지.
감옥에 갇혀 음식도 먹지 못하고 채찍질당하고
고문당하면서. (피터에게) 아, 이보게, 반갑네.

피터 안녕하십니까? 혹시 글을 읽으시는지요?

로미오 그래. 나의 불행에서 내 운명 정도는 읽어 내지.

피터 그런 건 책이 아니어도 알 수 있겠죠. 그런데 저, 보이는 것은 다 읽을 수 있으신지요?

로미오 내가 아는 글자와 말이라면, 물론이지.

피터 솔직하게 말해 주셨네요. 안녕히 계세요.

로미오 잠깐만 기다려 봐. 글을 읽을 수 있어. (편지를 읽는다)
〈마티노 씨와 그의 부인 및 딸들,
앤셀름 백작과 그의 아름다운 누이들,

비트루비오의 미망인,
플라센쇼 씨와 그의 사랑스러운 조카딸들,
머큐쇼와 그의 남동생 밸런타인,
캐풀렛 숙부님과 숙모님 및 딸들,
내 아름다운 조카딸 로절린과 리비아,
밸런쇼 씨와 그의 사촌 티볼트,
루시오 씨와 활기찬 헬레나.〉
멋진 모임이군. 이분들이 어디로 가지?

피터 위쪽이요.

로미오 어디?

피터 저희 집 만찬이요.

로미오 누구 집?

피터 제 주인집이요.

로미오 그렇지. 먼저 내가 그렇게 물어봤어야 했는데.

피터 이제 묻지 않으셔도 말씀드리죠. 제 주인은 대부호 캐풀렛 님입니다. 당신이 몬터규 가문 분만 아니라면 오셔서 포도주 한잔하시지요. 안녕히 계세요. (퇴장)

벤볼리오 캐풀렛 집안의 전통 있는 이 파티에서
네가 그토록 사랑하는 아름다운 로절린이
베로나의 모든 이름난 미인들과 식사하는군.
거기 가서 공정한 눈으로 내가 소개하는 몇몇 이와
그 아가씨 얼굴을 비교해 봐.
너의 백조가 까마귀라고 느끼도록 만들어 줄게.

로미오 신앙심이 경건한 내 눈이 그런 거짓을

믿게 된다면, 눈물이 불로 변해 버리라지.
자주 눈물 속에 푹 빠지면서도 익사하지 않는 이 눈은
명백한 이단이고, 거짓을 말하니 화형당하라지.
내 사랑보다 더 아름답다니! 만물을 비추는 태양도
세상이 처음 시작된 이후 그 여인에 견줄 이를 보지 못했어.

벤볼리오 첫, 옆에 아무도 없이 두 눈에 그 여자만 담고
저울질했으니 아름답게 보인 거야.
수정 같은 두 눈의 저울에 그 여자와
내가 파티에서 보여 줄 빛나는 아가씨들을
저울질해 보면, 지금 가장 아름다워 보이는
그 여자가 보잘것없이 느껴질걸.

로미오 함께 갈게. 그런 아가씨들을 보려는 게 아니라
내 여인의 찬란한 모습을 즐기기 위해서. (퇴장)

제3장

(캐풀렛의 집)

캐풀렛의 부인, 유모 등장.

캐풀렛 부인 유모, 딸애는 어디 있지? 이리로 좀 데려오게.

유모 열두 살 소녀 때의 제 처녀막을 걸고 맹세컨대,
오라고 했습니다. 아, 우리 어린 양! 앙큼이!
에구, 이 입방정! 우리 아가씨가 어디 있지? 줄리엣!

줄리엣 등장.

줄리엣 왜 그래요? 누가 불러요?

유모 어머니요.

줄리엣 어머니, 저 왔어요. 무슨 일이세요?

캐풀렛 부인 뭐냐 하면, 유모, 잠시 나가 있게.
단둘이 할 얘기가 있으니. 유모, 다시 오게.
생각났는데, 유모도 우리 얘기를 들어야겠네.
딸애 나이가 찼다는 건 자네도 알고 있지.

유모 그럼요. 아가씨 나이라면 시간까지 댈 수 있는걸요.

캐풀렛 부인 아직 열네 살은 안 됐어.

유모 제 이 열네 개를 걸죠. 슬프게도 이가 네 개밖에 안 남았지만, 아무튼, 아가씨는 열넷이 안 됐어요. 8월 초하루 수확제까지 얼마나 남았죠?

캐풀렛 부인 두 주하고 며칠 더 남았지.

유모 며칠이든 몇 날이든, 한 해 모든 날들 중
수확제 전날 밤이면 아가씨는 열넷이 됩니다.
수전과 — 아, 모든 기독교인이 편히 쉬게 하소서 —
아가씨는 동갑이에요. 아, 수전은 하늘에 있고
제게 과분한 딸이었죠. 여하튼 말씀드렸듯,
수확제 전날 밤에 아가씨는 열네 살이 돼요.
이건 틀림없는데, 제가 분명히 기억해요.
지진이 있은 지 11년이 지났고,
한 해 모든 날 가운데 바로 그날

아가씨가 젖을 뗐죠. 절대로 못 잊어요.
그때 비둘기 집 담장 아래 햇볕에 앉아
제 젖꼭지에 쑥 즙을 바르고 있었거든요.
당시 주인어른 내외분께서는 만토바에 계셨죠.
아니, 이렇게 생생히 기억하다니! 말씀드렸듯,
아가씨가 제 젖꼭지에 묻은 쑥 즙을 빨았는데
요 귀여운 것이 입에 쓴 맛이 도니 칭얼대며
젖꼭지를 떠밀어 내고 야단을 부리지 뭐예요!
그때 비둘기 집이 흔들리기 시작했어요! 이럴 땐
대피하라 시키고 자시고 할 필요도 없죠.
그리고 그 후 11년이 흘렀는데, 당시
아가씨는 혼자 설 수 있었어요. 아니, 십자가에
맹세컨대, 뛰고 아장아장 걸어다닐 수도 있었죠.
그 전날에 넘어져 이마가 까지자 제 남편이 — 하느님,
그이를 굽어살펴 주소서, 참 재미난 양반이었는데 —
아가씨를 안아 올리더니 말했어요.
〈에구, 앞으로 넘어져 얼굴을 박았니?
뭘 좀 알게 되면 뒤로 넘어질 테지,
안 그래, 아가?〉 하니까, 맹세컨대,
그 예쁜 것이 울음을 멈추고 〈응〉 그랬어요.
이제 농담이 진짜가 되려나 보군요!
제가 천년을 산다 해도 절대 못 잊어요.
그이가 〈안 그래, 아가?〉 하니까 재롱둥이가
울음을 그치고 〈응〉 했다니까요.

캐풀렛 부인 그만하면 됐네. 제발 그 입 좀 다물게.

유모 네, 그러죠. 하지만 울다 말고 〈응〉 하던 걸
생각하면 웃음이 절로 난다니까요.
아가씨 이마에 생긴 혹이
맹세컨대 어린 수탉 불알만 했다고요.
큰 상처라 아가씨는 울고불고 난리였어요.
제 남편이 〈에구, 앞으로 넘어져 얼굴을 박았니?
장차 크면 뒤로 넘어질 거야, 안 그래, 아가?〉 하니까,
아가씨가 울음을 멈추고 〈응〉 하지 뭐예요.

줄리엣 유모도 제발 이제 그만 멈추세요.

유모 그만하죠, 다했어요. 아가씨께 신의 은총이 있길!
제 젖으로 키운 아기들 중 아가씨가 가장 예뻤어요.
언젠가 아가씨가 결혼하는 모습을 본다면
죽어도 여한이 없겠어요.

캐풀렛 부인 그렇지, 바로 그 〈결혼〉 얘기를
하러 온 거야. 줄리엣, 말해 보렴.
결혼에 대해 넌 어떻게 생각하니?

줄리엣 제가 꿈도 못 꿀 명예예요.

유모 〈명예〉라니! 아가씨 유모가 저 혼자가 아니라면
젖꼭지에서 지혜를 빨아 먹었나 보다 했을 거예요.

캐풀렛 부인 그럼, 이제라도 결혼에 대해 생각해 보렴.
여기 베로나에서는 명문가 아가씨들이
너보다 어린 나이에 어머니가 된단다.
어림잡아 보니, 아직 처녀인 네 나이에

나도 어머니가 됐어. 간단히 말하면,
용감한 패리스 백작이 네게 청혼을 했단다.

유모 그 신사는, 아가씨, 그런 신사는
온 세상이, 그래요, 빚어낸 듯 완벽한 분이죠.

캐풀렛 부인 베로나의 여름에도 그런 꽃은 볼 수 없어.

유모 맞아요. 꽃 같은 분이에요. 정말로, 꽃 그 자체죠.

캐풀렛 부인 넌 어때? 그분을 사랑할 수 있겠니?
오늘 밤 파티에서 그분을 뵙게 될 거야.
젊은 패리스의 얼굴을 책인 양 찬찬히 읽고
아름다운 펜으로 써놓은 즐거움을 느껴 보렴.
행 하나하나가 어우러져 멋진 내용을 이루듯
이목구비가 서로 얼마나 조화로운지 살펴봐.
이 멋진 책에 모호한 것이 있으면
그의 눈이라는 각주 내용을 참고하고.
제본되지 않은, 사랑이라는 이 소중한 책은
그 아름다움을 완성해 줄 표지가 필요하지.
물고기가 바다에서 살듯, 멋진 남자는
멋진 여자를 품는 게 자연스러운 거야.
금빛 이야기를 담아 금빛 걸쇠를 채운 책은
많은 사람들이 찬사를 보내는 법. 네가
그분과 결혼하면 그분의 모든 것을 나눌 테니
네 것은 전혀 작아지지 않아.

유모 작아져요? 아니, 커지죠. 남자가 여자를 임신시키니까요.

캐풀렛 부인 간단히 말해 보렴. 패리스 백작을 사랑할 수 있겠니?

줄리엣 만나 봐서 마음이 움직이면 좋아해 볼게요.
하지만 어머니가 승낙하시는 것 그 이상으로
제 마음이 움직이지는 않을 거예요.

하인 등장.

하인 손님들이 오셨고, 식사도 차려졌고, 안주인을 찾으시고 아가씨도 모셔 오라 하시고, 주방에서는 유모를 찾으며 욕을 해대고, 온통 난리가 났습니다. 저는 시중들러 가야 합니다. 제발 모두 곧장 따라와 주세요.

캐풀렛 부인 바로 따라가겠네. (하인 퇴장)
줄리엣, 백작님이 기다리신다.

유모 가요, 아가씨. 행복한 낮에 이어 행복한 밤을 보내셔야죠. (모두 퇴장)

제4장

(캐풀렛의 집 앞)

가면무도회 차림을 한 로미오, 머큐쇼, 벤볼리오,
다른 대여섯 명의 가면무도회 참가자들, 횃불잡이들 등장.

로미오 변론으로 서막을 한 소절 읊을까,

아니면 변명 없이 그냥 들어갈까?

벤볼리오 그런 따분한 방식은 한물갔어.

우리가 등장할 때는 큐피드처럼 눈을 가리거나

투르크족의 얼룩덜룩한 작은 활을 들고서

허수아비처럼 여자들을 놀라게 하지 않을 것이고,

프롬프터[11]가 읽어 주어야

간신히 외워 말하는 프롤로그도 생략할 거야.

그들 마음대로 우리를 판단하게 놔두고

우린 장단에 맞춰 춤이나 추다 돌아가자고.

로미오 횃불 이리 줘. 그런 춤은 내키지 않아.

마음이 우중충하니 내가 불을 들고 있을게.

머큐쇼 마음 여린 로미오, 안 돼. 넌 춤을 춰야 해.

로미오 정말 못 추겠어. 넌 날렵한 밑창의 무도화를

신었지만, 난 마음이 납덩어리라

바닥에 붙어 버려 움직일 수가 없어.

머큐쇼 넌 사랑에 빠졌으니 큐피드의 날개를 빌려

다른 사람들보다 더 높이 도약해 봐.

로미오 그의 화살이 너무 깊이 박혀서 그 가벼운 날개로는

높이 날 수가 없어. 이리 묶여 있으니 둔감한

우울증을 넘어 도약할 수가 없다고.

무거운 사랑의 무게에 눌려 가라앉고 있어.

머큐쇼 아래로 가라앉거든 네가 그 사랑을 받쳐 주면 되겠네.

부드러운 거시기에는 엄청난 압력이 되겠지만.

11 대본을 보면서 공연 중 배우가 대사를 잊을 경우 알려 주는 사람.

로미오 사랑이 부드럽다고? 너무 거칠고 너무 사납고
너무 난폭하고 가시처럼 꾹꾹 찔러 대는걸.

머큐쇼 사랑이 네게 거칠게 굴면 너도 거칠게 대해.
찌르면 너도 찔러 넣고 사랑을 넘어뜨려.
내 얼굴 가리게 가면 좀 줘.
못난 얼굴엔 가면이 제격이지. 호기심 많은 사람이
내 흠을 눈여겨본들 무슨 상관이겠어?
눈썹 튀어나온 가면이 나 대신 얼굴을 붉히겠지.

(모두 가면을 쓴다)

벤볼리오 자, 노크하고 들어가자. 들어가면
다들 곧장 춤을 춰야 해.

로미오 횃불 내게 줘. 마음 들뜬 한량들이나
감각 없는 골풀을 발꿈치로 간지럽게 하지.[12]
나에게 딱 들어맞는 옛 속담대로
난 촛불을 들고 구경이나 하다가
흥이 절정일 때 물러날 거야.[13] (횃불을 든다)

머큐쇼 첫, 물러나서 꼼짝 말라는 건 경찰의 말버릇이지.
네가 꼼짝 못한다면 그 사랑의 늪에서 우리가
꺼내 줄게. 미안한 말이지만, 넌 귀밑까지

12 당시 바닥 깔개로 습지에 자라는 식물인 골풀을 사용했는데, 사람이 춤을 추면 바닥에 깔린 감각 없는 골풀들이 가볍게 들썩이는 것을 말한다. 여기서 로미오는 사람들이 감흥이나 가치 없는 춤을 춘다고 조롱하고 있다.

13 로미오는 두 개의 속담을 인용하는데, 첫 번째는 〈촛불을 잘 들고 있는 사람이 훌륭한 노름꾼이다. 구경꾼은 잃는 게 없으니〉이고, 두 번째는 〈놀이가 절정일 때가 물러나야 할 때이다〉를 나타낸다.

폭 빠졌잖아. 자, 대낮에 불 피울 거야? 어서!

로미오 아냐, 낮이 아니잖아.

머큐쇼 내 말은 우리가 꾸물거리다가

대낮에 불을 밝히듯 횃불을 낭비하고 있다는 뜻이야.

선의로 받아들여. 우리 판단력은 오감보다

다섯 배나 더 믿을 만하니까.

로미오 우린 선의로 가면무도회에 가지만

현명한 행동 같지는 않아.

머큐쇼 이유를 물어도 돼?

로미오 간밤에 꿈을 꿨어.

머큐쇼 나도 꿨지.

로미오 그래, 어떤 꿈인데?

머큐쇼 잠자리에서의 꿈은 종종 거짓이라는 꿈.

로미오 잠자리에서 진실한 꿈을 꾸기도 해.

머큐쇼 아, 그럼 넌 매브 여왕[14]과 함께 있었군.

벤볼리오 매브 여왕? 그게 누군데?

머큐쇼 요정들의 산파야. 이 여왕은 시의회 의원이

집게손가락에 낀 인장용 반지의 조각상보다

작은 형태로 와서,

티끌만큼 작은 무리들이 끄는 마차를 타고

잠자는 사람의 코를 가로지르지.

14 매브 여왕Queen Mab은 켈트족 민간전승에서 나온 것으로 추정되지만 셰익스피어의 창조물일 수도 있다. 〈*queen*〉은 〈*quean*〉과 발음이 같아서 창녀를 가리키기도 했고, 〈Mab〉는 전형적인 매춘부의 이름이었다.

거미의 긴 다리가 마차 바퀴살이고,
메뚜기의 날개가 마차 덮개이며,
이슬 머금은 달빛이 마차에 매는 줄이고,
가장 작은 거미집이 말의 마구이며,
귀뚜라미 뼈가 채찍이고, 거미줄이 채찍 끈이며,
회색 외투를 입은 작은 각다귀가 마부인데
게으른 소녀의 손가락에서 튀어나온다는
동그란 작은 벌레의 절반도 안 되는 크기야.
마차는 헤이즐넛 껍질인데,
먼 옛날부터 요정들의 마차를 제작한
다람쥐 목수나 늙은 땅벌레가 만들었지.
그녀가 밤마다 이렇게 화려하게 행차해서
연인의 머릿속을 달리면 이들이 상사몽을 꾸고,
궁정 신하의 무릎을 지나면 바로 굽실거리는 꿈을 꾸지.
아가씨의 입술을 지나면 바로 키스하는 꿈을 꾸는데,
그녀의 숨결에 사탕 맛이 묻어나면
화난 매브 여왕은 종종 입술에 물집이 생기게 해.
변호사의 손가락 위를 달리기도 하는데,
이때는 소송 사건 낌새를 채는 꿈이 되지.
교구 신부가 잠들었을 때 코를
십일조로 낸 돼지의 털로 간질이면
다른 성직을 겸임하는[15] 꿈이 되지.

15 동시에 여러 개의 성직을 떠맡는 것은 근대 초기 교회에서 흔한 부패의 원천이었다.

군인의 목 위를 지나기도 하는데,
그러면 꿈속에서 적군의 목을 베고,
돌파하고, 매복하고, 스페인산 명검을 보고,
거나하게 축배를 들고, 곧이어 귓가에
북소리가 들려 깜짝 놀라 잠이 깨고,
그렇게나 놀랐으니 한두 마디 기도를 올리곤
다시 잠들기도 하지. 바로 이 매브 여왕이
밤에 말갈기를 엉클어뜨리고, 불결하고
지저분한 머리카락은 더욱 엉키게 만드는데,
혹시라도 그걸 풀면 큰 불행이 닥쳐온다지.
아가씨들이 누워 있으면 위에서 내리눌러
무거워도 견디는 법을 먼저 가르치고
어머니가 되기에 적합한 여인으로 만들지.
바로 그 매브 여왕이…….

로미오 그만, 그만, 머큐쇼, 그만해!
허황된 말들이잖아.

머큐쇼 맞아. 꿈에 대해 말하잖아.
꿈이란 빈둥거리는 머릿속에서 생겨나고,
부질없는 공상에서 나온 것이며,
그 바탕이 공기만큼이나 엷고,
바람보다 변덕스러워서 지금은
북쪽의 얼어붙은 심장에 구애하다가도
화가 나면 헐떡이듯 거기서 빠져나와
이슬 내리는 남쪽으로 얼굴을 돌리지.

벤볼리오 네가 말하는 그 바람 때문에 정신이 없다.
만찬이 끝나면 너무 늦는 거라고.

로미오 너무 이른 것 같은데. 아직은
별에 걸려 있는 어떤 운명이
오늘 밤 이 파티를 계기로
정해진 무서운 여정을 시작해서
내 가슴에 담긴 경멸스러운 삶을 때 이른 죽음이라는
흉한 벌로 끝내 버리지 않을까 마음이 불안해.
하지만 삶의 여정을 조종하는 신이여,
내 앞길을 인도하소서! 들뜬 친구들, 가자.

벤볼리오 북을 울려라. (북을 치며 무대를 행진하다 모두 퇴장)

제5장

(캐풀렛의 집)

피터와 다른 하인들이 냅킨을 들고 등장.

피터 폿팬은 상 치우는 거 돕지 않고 어딜 간 거야? 걔가 나무 쟁반을 옮기고 닦고 그래야 하잖아!

하인1 손님 접대를 한두 사람이 도맡아 해야 하고, 더구나 손도 씻지 못했으니 깔끔하게 되기는 글렀군.

피터 의자들 가져가고, 식기장 치우고, 은그릇도 잘 챙겨야지. 내가 먹을 아몬드 케이크 한 조각 남겨 둬. 그리고 나를 봐서, 문지기에게 수전 그린드스톤과 넬을 들여보내라고 해. 앤서니! 폿팬!

하인 2 응, 여기 있어.

피터 응접실에서 너를 찾고, 부르고, 일 시킬 게 있다 하고, 널 찾아오라 하고 난리야.

하인 1 몸이 하난데 여기저기 동시에 갈 순 없어. 다들 힘내! 잠시만 서두르자고. 인생은 짧으니까.

(하인들이 식탁을 차리느라 왔다갔다 한다)

캐풀렛과 가족들, 그리고 가면무도회에 참가한
모든 손님들과 귀부인들 등장.

캐풀렛 신사 여러분, 어서 오세요. 숙녀들은
발가락에 티눈이 생긴 분 빼고 모두
춤을 추십시오. 여기 숙녀 분들 중
누가 춤을 마다하겠습니까? 장담하건대,
티눈이 있는 아가씨나 점잔을 빼겠지요.
정곡을 찔렀나요? 신사분들, 환영합니다.
예전에 저도 가면을 쓰고 아름다운 아가씨의
귓가에 이야기를 마음껏 속삭이던 때가 있었지만
그런 시절은 다 지나고 사라져 버렸어요.
모두들 다시 환영합니다. 자, 악사들은 시작하게.

(음악이 연주되고 사람들은 춤을 춘다)

자리를 내요, 자리를! 공간을 만들고, 춤추세요, 아가씨들.

(하인에게) 이놈들아, 불을 더 밝히고, 식탁을 정리해.
한쪽으로 치우고, 난롯불은 꺼라. 방이 너무 덥구나.
(사촌에게) 아, 이보게, 뜻밖의 손님들이 마침 잘 오셨군.
아니네, 아냐, 앉게, 내 사촌 캐풀렛,
자네와 난 춤출 시절이 지나 버렸네.

(캐풀렛과 그의 사촌이 앉는다)

자네와 내가 가면무도회에 마지막으로
참여한 게 얼마나 됐지?

캐풀렛 사촌 틀림없이 30년은 됐죠.

캐풀렛 아니, 그렇게 오래 되지는 않았네. 아니야.
루센시오의 결혼식 때였네. 오순절[16]이
아무리 빨리 찾아와도 25년 정도지.
그때 우린 가면을 썼었지.

캐풀렛 사촌 더 돼요, 더 됐죠. 그 아들 나이가 더 많으니.
아들이 서른일 겁니다.

캐풀렛 그럴 리가? 그 애는
두 해 전만 해도 후견인이 있는 미성년이었네.

로미오 (하인에게) 저기 기사의 손을 빛나게 하는
아가씨가 누구인가?

하인 모르겠습니다.

로미오 아, 저 여인은 횃불에게 밝게 빛나는 법을 가르치는군!
에티오피아인의 귀에 걸린 진귀한 보석처럼
어두운 밤의 뺨에 걸려 있는 듯하구나. 너무 아름다워

16 부활절 후 일곱 번째 일요일에 지내는 기독교 절기 축제.

쓸 수도 없고, 너무 귀중해 이 속세에 과분하구나.
저 여인은 까마귀 무리 속의 새하얀 비둘기처럼
친구들 사이에서 돋보이는구나. 춤이 끝나면
아가씨가 있는 곳을 봐두고, 내 추한 손이
축복을 받도록 아가씨의 손을 잡아야겠어.
이제껏 내가 사랑을 했다고? 눈이여, 부정하라.
난 오늘 밤에서야 진정한 아름다움을 보는구나.

티볼트 이거, 목소리를 들으니 몬터규 집안 녀석이군.
이봐, 내 칼을 가져와. (시동 퇴장)
쥐새끼 같은 놈이
감히 기괴한 가면을 쓰고 여기 와서
우리 파티를 비웃고 조롱하려는 건가?
이제 우리 가문의 명예를 걸고
저놈을 죽여도 죄가 되지 않겠지.

캐풀렛 아니, 무슨 일이야? 왜 그렇게 화가 났어?

티볼트 숙부님, 우리 원수인 몬터규 놈입니다.
앙심을 품고 오늘 밤 우리 파티를
조롱하러 온 나쁜 놈입니다.

캐풀렛 로미오 맞나?

티볼트 네, 못된 놈 로미오죠.

캐풀렛 진정해라, 착한 조카야. 그냥 둬.
신사처럼 점잖게 처신하고 있으니.
사실 그 청년은 덕과 분별력이 있다고
베로나에 소문이 자자하더구나.

설령 이 도시 전체의 재산을 준다 해도
내 집에서 그 청년에게 모욕을 주긴 싫다.
그러니 참아라. 못 본 체하고.
이게 내 뜻이니 나를 존중한다면
좋은 모습을 보이고, 잔치에 어울리지 않는
찌푸린 눈살을 펴도록 해라.

티볼트 저런 악당 같은 손님에게는 어울리지요.
저놈을 가만두지 않을 겁니다.

캐풀렛 가만둬야 할 거야.
이 녀석아, 내가 가만두라고 했잖니. 원 참,
이 집 주인이 나냐, 아니면 너냐? 원 참,
가만두지 않겠다니! 하느님, 맙소사,
내 손님들 사이에서 소란을 피워
난장판을 벌이고는 기고만장해지려는 거냐!

티볼트 숙부님, 수치스러운 일이에요.

캐풀렛 원 참, 이런,
주제넘구나. 정말 그렇다고 생각하니?
경솔한 짓은 분명 네게 해가 될 거다. 분명히 말하는데,
넌 나와 대적해야 할 거야. 이만하면 알아들었겠지.

(춤이 끝나자 줄리엣은 자기 자리로 돌아가고,
로미오가 거기서 기다리고 있다)

(손님들에게) 참 잘하셨습니다. (티볼트에게) 건방진 녀석,
얌전히 있어. 안 그러면, (하인에게) 불을 더, 더 밝게 해.
(티볼트에게) 잠자코 있게 해주지. (손님들에게) 자, 계속하

세요!　　　(음악이 다시 시작되고, 손님들은 춤을 춘다)

티볼트　치미는 울화와 인내심이라는 두 상극이
억지로 만나니 온몸이 부들부들 떨리는구나.
그냥 물러나겠지만, 이 침입은 지금은
좋아 보여도 쓰디쓴 결과를 초래할 거야.　　(퇴장)

로미오　(줄리엣의 손을 잡으며) 저의 미천한 손이[17]
이 신전을 모독한 것이라면, 얼굴 붉힌 두 순례자 같은
제 입술이 부드러운 입맞춤으로 더럽혀진 곳을
씻고자 하는 것은 가벼운 죄에 불과하겠지요.

줄리엣　착한 순례자님, 손을 너무 부당하게 대하시는군요.
이처럼 착실히 헌신을 다하고 있는데 말이에요.
순례자들이 손으로 만지는 성상에도 손은 있고,
손바닥을 서로 맞대는 것이 순례자들의 입맞춤이죠.

로미오　성상에 입술은 없나요? 순례자들에게도?

줄리엣　아, 순례자님, 입술은 기도할 때 써야죠.

로미오　아, 성상이여, 그러면 손이 하는 것을 입술이 하게 해
주세요.
믿음이 절망으로 변하지 않도록 입술이 기도하게 해주세요.

줄리엣　기도를 들어 주더라도, 성상은 움직이지 않아요.

로미오　그럼 제가 기도의 효험을 받을 동안 움직이지 마세요.
(로미오가 줄리엣에게 키스한다)

17 로미오와 줄리엣은 첫 만남에 첫 대화임에도 불구하고 90행부터 103행까지 서로 절묘하게 어우러진 14행의 〈abab cdcd efef gg〉 각운 형식의 소네트 한 편을 함께 완성한다.

이제 당신의 입술이 제 입술에서 죄를 씻어 주었네요.

줄리엣 그럼 그 죄가 제 입술에 있겠군요.

로미오 제 입술에 있던 죄요? 아, 잘못을 감미롭게 꾸짖는군요!

제 죄를 다시 가져갈게요.

(로미오가 줄리엣에게 다시 키스한다)

줄리엣 교본에 따르듯 키스를 잘하시네요.

유모 아가씨, 어머니께서 꼭 하실 말씀이 있답니다.

(줄리엣이 어머니에게 간다)

로미오 저분 어머니가 누구신지요?

유모 어머, 총각,

아가씨의 어머니는 이 집 안주인이신데,

훌륭한 부인이고, 현명하고 덕이 있으세요.

얘기 나누신 그 따님을 제가 젖 먹여 키웠죠.

장담컨대, 아가씨를 차지한다면 복덩이가 그냥

굴러오는 셈이 될 겁니다.

로미오 (방백) 캐풀렛 가문 사람이라고?

비싼 대가를 치르는군! 내 목숨이 적에게 달려 있다니.

벤볼리오 이제 가자. 흥이 절정이니 물러나자고.

로미오 그래야 할 것 같아. 더 있으면 불안해.

캐풀렛 아니, 여러분, 아직 가지 마세요.

변변찮지만 다과가 곧 나올 겁니다.

(그들이 캐풀렛의 귀에 뭔가를 속삭인다)

아, 그래요? 그렇다면 모두 감사합니다.

솔직한 분들, 고맙습니다. 안녕히 가세요.

여기 횃불을 더! 그럼, 다들 잠자리에 듭시다.
(사촌에게) 아, 이보게, 밤이 정말 깊었네.
난 자러 가야겠네. (줄리엣과 유모 외에 모두 퇴장)

줄리엣 이리 와봐요, 유모. 저기 있는 신사는 누구예요?

유모 타이비리오 어르신의 아들이자 상속자예요.

줄리엣 지금 문을 나가는 저분은요?

유모 아, 내 생각엔, 젊은 퍼트루키오 같은데.

줄리엣 뒤따라가는 저분은? 춤을 추지 않은 분 말이에요.

유모 모르겠는데요.

줄리엣 가서 물어보세요. (유모가 간다)
만약 결혼한 분이라면
내 무덤이 신혼 침방이 되겠구나.

유모 (돌아와서) 이름이 로미오고, 몬터규 사람이며,
철천지원수 집안의 외동아들이래요.

줄리엣 (방백) 유일한 사랑이 유일한 적에게서 싹트다니,
모르는 채 너무 일찍 만났고, 알고 나니 너무 늦어 버렸네.
철천지원수 집안의 사람을 사랑해야 하다니,
내 사랑의 탄생은 불길하기 짝이 없구나.

유모 무슨 말이죠? 그게 무슨?

줄리엣 방금 함께 춤을 춘 분께
배운 시의 한 구절이에요. (안에서 누가 줄리엣을 부른다)

유모 갑니다, 금방 가요!
자, 가요. 손님들은 모두 가셨으니. (퇴장)

제2막

코러스 등장.

코러스 묵은 욕망은 이제 죽음을 맞이하고
새로운 사랑이 뒤를 잇기를 갈망합니다.
그렇게 애태우며 죽을 듯 사랑했던 그 미인은
다정한 줄리엣과 비교하니 보잘 것 없습니다.
둘 다 똑같이 서로의 아름다운 모습에 매혹되어
이제 로미오는 사랑을 받고 또 사랑을 합니다.
하지만 그는 자신의 원수에게 심정을 토로하고
그녀는 무서운 낚싯바늘에서 감미로운 미끼만을
훔쳐 내야 합니다. 원수인지라, 연인들이 흔히 하는
사랑의 맹세를 속삭이러 그가 다가갈 수 없고,
그녀 역시 그 못지않게 사랑하지만 그녀가 어딘가에서
이 새 연인과 만날 방법은 더욱 없습니다.
하지만 열정은 만날 수 있는 힘을, 시간은 그 기회를 주기에
지극한 달콤함은 지극한 시련을 단련시켜 줍니다.[18]

제1장

(캐퓰렛의 집 밖)

로미오 혼자 등장.

로미오 내 마음이 이곳에 있는데 이대로 갈 수 있을까?
둔한 흙덩이 같은 몸이여, 돌아가서 네 중심을 찾아라.
(줄리엣의 집으로 간다)

벤볼리오, 머큐쇼 등장.

벤볼리오 로미오, 내 사촌 로미오, 로미오!
머큐쇼 현명한 친구니 틀림없이 슬그머니 집에 자러 갔을걸.
벤볼리오 이쪽으로 달려가서 과수원 담장을 뛰어넘었어.
불러 봐, 머큐쇼.
머큐쇼 주문을 외워서라도 불러낼게.
로미오! 변덕쟁이! 미치광이! 열정! 연인!
한숨의 형태를 하고서 네 모습을 드러내라.
시 한 구절만이라도 말하면 만족할게.
〈아이고〉 하고 외쳐! 〈사랑〉, 〈비둘기〉라고 해봐.
나의 벗 비너스 여신에게 멋진 말 한마디 하고,
그 눈먼 아들이자 상속자에게는 별명 하나 붙여 줘.
어린 명사수 큐피드 말이야. 활을 정확히 쏘아

18 프롤로그처럼 이 대사도 셰익스피어가 흔히 쓴 각운 형식의 소네트이다.

코페투아 왕이 거지 아가씨를 사랑하게 됐다지.[19]
로미오는 듣지 않고, 기척도 없고, 움직이지도 않네.
우리 바보가 죽었으니 소환 주문을 외야겠어.
로절린의 빛나는 눈, 오뚝 솟은 이마,
진홍빛 입술, 예쁜 발, 쭉 뻗은 다리,
떨리는 허벅지, 그리고 옆에 위치한 부위,
이것들의 이름으로 너를 소환하니,
본래 너와 닮은 모습으로 우리 앞에 나타나라.

벤볼리오 로미오가 들으면 화내겠어.

머큐쇼 그게 화낼 일은 아니지. 애인의 신비한 거기로
다른 사내의 물건을 가져와서 세워 놓자
그녀가 마법을 부려 그것을 주저앉게 하면
이야말로 화가 날 일이지.
무척 심술궂은 짓이겠지. 하지만 내 주문은
정당하고 정직해. 그 아가씨의 이름으로
로미오가 벌떡 서게 소환하려는 것뿐이야.

벤볼리오 자, 로미오는 우울한 밤을 벗 삼으려
이 나무들 사이에 숨었어. 그의 사랑은
눈멀었으니 어둠과 잘 어울리지.

머큐쇼 사랑이 눈멀었다면 과녁을 맞힐 수 없어.
로미오는 서양모과나무[20] 아래 앉아 로절린이

19 왕이 거지 아가씨와 사랑에 빠져 그녀를 왕비로 만들었다는 이야기는 전래 민요에 종종 등장했다.

20 작품 전체적으로 머큐쇼는 성적 암시를 지니거나 외설적인 표현들을 많이 사용하는데, 이 대사에서 절정을 이룬다. 한국에서 흔히 보는 모과와 달

서양모과였으면 하고 바랄걸. 처녀들이
그 열매를 칭할 땐 자기들끼리 키득거리잖아.
아, 로미오, 로절린이 그 열매라면!
아, 로절린이 밑이 벌어진 그 열매고 네가 길쭉한 배라면!
로미오, 잘 자. 난 허름한 내 침대로 갈게.
여기 야전 침대는 너무 추워서 못 자겠어.[21]
자, 그만 갈까?

벤볼리오 그래, 가야지. 들키지 않으려고
숨는 사람을 찾아 봤자 소용없잖아. (벤볼리오와 머큐쇼 퇴장)

로미오 (앞으로 오며) 다쳐 보질 않아 남의 상처를 조롱하는군.
그런데 잠깐, 저 창문으로 새어 나오는 빛은 뭐지?
저기가 동쪽이고, 줄리엣은 태양이구나.
일어나요, 아름다운 태양이여, 질투하는 달을
물리쳐요. 시녀인 그대가 훨씬 더 아름다워
달은 그만 슬퍼서 병들고 창백해졌으니까요.
달은 시샘이 많으니 달의 시녀가 되지 말아요.[22]
달이 입은 옷은 병든 푸른색이고
광대들만 입는 것이니 벗어 던져 버려요.

위에서 줄리엣 등장.

리 서양모과는 생김새가 여성의 성기를 연상시킨다고 여겨진다.

21 로미오처럼 야외에서 밤을 보내기보다는 집에서 자겠다는 의미이다.

22 로미오는 달을 순결의 여신 디아나로 의인화하고, 줄리엣이 순결을 지키고 있기 때문에 디아나를 따르는 시녀라고 칭한다.

나의 여인, 오, 내 사랑이구나.
오, 이런 내 마음을 알아 줬으면!
입이 움직이지만 말은 들리지 않네. 뭘까?
눈은 말하고 있으니 내가 답을 해야겠어.
내게 말하는 것도 아닌데 너무 주제넘은 건가.
온 하늘에서 가장 아름다운 별 두 개가
다른 볼일을 보고 다시 돌아올 때까지 자신들 영역에서
대신 반짝여 달라고 그녀의 눈에게 간청하는 듯하네.
그녀의 눈이 하늘에 있고, 별들이 그녀의 머리에 있다면
어떻게 될까?
햇빛 아래 등불이 그렇듯, 그녀 볼의 광채 아래서
별들은 무색해지겠지. 하늘에 있는 그녀의 눈이
창공을 밝게 빛내서
새들도 날이 밝은 줄 알고 지저귀게 될 거야.
손으로 볼을 고이고 있는 것 좀 봐.
아, 내가 저 손에 낀 장갑이라면
저 볼을 만질 수 있을 텐데.

줄리엣 아!

로미오 (방백) 말을 하는구나.
오, 다시 말하세요, 빛나는 천사여.
하늘의 날개 달린 전령이
유유히 떠가는 구름을 타고
허공의 한복판을 가로지르면, 사람들은 놀라
고개를 뒤로 젖히며 눈 흰자위를 드러내는데,

그렇게 오늘 밤 당신은 내 머리 위에서
찬란하게 빛나는군요.

줄리엣 (로미오를 보지 못한 채) 아, 로미오, 로미오, 당신은
왜 로미오인가요?
아버지를 부정하고 당신의 이름을 버리세요.
그럴 수 없다면 내게 사랑을 맹세하세요.
그러면 나는 이제 캐풀렛 가문을 포기할게요.

로미오 (방백) 더 듣고 있을까? 아니면 지금 답을 할까?

줄리엣 당신의 이름만 내 원수일 뿐이에요.
몬터규가 아니어도 당신은 그대로죠.
몬터규란 무엇인가요? 그건 손, 발,
팔, 얼굴, 신체의 어떤 부위도
아니에요. 아, 다른 이름이 되세요!
이름이란 무엇인가요? 장미는 이름이 바뀌어도
그 달콤한 향기는 변치 않으니
로미오 또한 로미오로 불리지 않아도,
그 명칭이 없어도, 그의 소중한 완벽함은
그대로일 거예요. 로미오, 당신 이름을 버리세요.
당신의 일부분이 될 수 없는 그 이름 대신에
나의 전부를 가지세요.

로미오 당신 말대로 할게요.
그저 내 연인이라 불러 주시면 새로운 이름으로
세례를 받을게요. 이제 더는 로미오가 아닙니다.

줄리엣 대체 누구시기에, 이렇게 밤의 장막 뒤에 숨어서

제 속마음을 엿듣고 있나요?

로미오 이름으로는

제가 누구인지를 알려 드릴 도리가 없군요.

사랑하는 성자님, 내 이름은 당신에게

적이니 나도 싫습니다. 만일 내가

이 이름을 적었다면 그 종이를 찢어 버릴 겁니다.

줄리엣 당신 입으로 하는 말을 백 마디도

채 듣지 못했지만 그 목소리를 기억해요.

당신은 로미오이고, 몬터규 가문 분이죠?

로미오 아름다운 아가씨, 당신이 내키지 않는다면 난 둘 다 아닙니다.

줄리엣 어떻게, 무슨 일로 여기 오셨나요?

과수원 담장은 높아서 오르기 힘든 데다,

당신의 가문 때문에 내 친척 중 누군가의 눈에 띄면

이곳이 당신 무덤이 될 텐데 말이에요.

로미오 사랑의 날개를 타고 담을 넘었어요.

돌담 따위는 사랑을 가로막을 수 없고

사랑하면 할 수 있는 뭐든 하게 되니,

당신 친척들도 나를 막을 수 있는 장애물은 아니에요.

줄리엣 들키면 당신을 죽일 거예요.

로미오 아, 그들의 칼이 스무 개라도 당신 눈보다

두렵지는 않아요. 다정한 눈으로 봐주시면

그들의 적대감은 내게 문제도 아니에요.

줄리엣 무슨 일이 있어도 들키지 않으면 좋겠어요.

로미오 밤이라는 망토가 나를 숨겨 주고 있잖아요.
당신이 나를 사랑하지 않는다면 여기서 들키는 게 나아요.
당신의 사랑도 없는데 죽음이 미뤄지는 것보다
그들의 증오로 이 목숨이 끝나는 게 낫겠어요.

줄리엣 누구의 안내로 이곳을 찾게 되었나요?

로미오 사랑의 신이 먼저 나를 부추겼어요.
그는 내게 조언을 해주고, 난 그에게 눈을 빌려주었죠.
난 뱃사공이 아니지만, 진귀한 상품을 위해서라면
머나먼 바다의 파도가 밀려드는 광대한 해변에 있다 해도
그것을 찾아 항해를 떠날 겁니다.

줄리엣 아시다시피 밤의 가면이 내 얼굴을 가려 주어 망정이지
하마터면 내 볼이 부끄러움으로 달아올랐을 거예요.
오늘 밤 내가 한 말을 당신이 들었으니까요.
나도 기꺼이 예의를 차리고, 내가 말한 것을
기꺼이 부정하고 싶지만, 체면 따위는 버릴게요.
나를 사랑하세요? 당신은 그렇다고 말할 테니
그 말을 믿을게요. 하지만 당신이 맹세를 한다면
그것은 거짓이 될지 몰라요. 연인들의 거짓말은
제우스도 웃어넘긴다잖아요. 아, 착한 로미오,
나를 사랑한다면, 진실하게 말하세요. 만약 날 쉬운 여자라
생각한다면, 얼굴을 찌푸리고 까다롭게 굴고 퇴짜를 놓아
당신이 안간힘을 다해 구애하게 만들 수도 있어요.
하지만 아니라면, 난 절대로 그렇게 행동하지 않을 거예요.
멋진 몬터규, 사실 난 당신께 완전히 반했고,

그래서 날 가벼운 여자라 생각할 수도 있어요.
하지만 나를 믿어 본다면, 새침 떠는 여자보다
내가 더 진실하다는 걸 알게 될 거예요.
고백하자면, 내가 더 쌀쌀맞게 대할 수도 있었는데
나 모르게, 내 진심 어린 사랑의 열정을
당신이 엿들어 버렸죠. 그래서 부탁이니
쉽게 받아들였다 하여 가벼운 사랑이라 여기지 마세요.
캄캄한 밤 때문에 들켜 버린 것이니까요.

로미오 이 과일나무들의 끝을 은빛으로 물들이는
저 성스러운 달에 대고 맹세하겠어요.

줄리엣 오, 둥근 궤도를 따라 다달이 변화하는
변덕스러운 달에 대고 맹세하지 마세요.
당신의 사랑도 그렇게 변하면 안 되니까요.

로미오 무엇에 대고 맹세할까요?

줄리엣 맹세 같은 건 하지 마세요.
하려거든 고귀한 당신 자신을 걸고 맹세하세요.
당신은 내가 우상처럼 섬기는 신이니
당신을 믿을게요.

로미오 만약 내 소중한 사랑이…….

줄리엣 맹세하지 마세요. 당신은 내게 즐거움이지만
오늘 밤 주고받는 이 언약은 즐겁지 않아요.
너무 성급하고 신중하지 못하고 느닷없으며,
번개가 친다고 말하기도 전에 사라져 버리는
번개 같아요. 내 사랑, 잘 가세요.

다시 만날 때면, 여름의 무르익은 바람결에
우리 사랑의 싹이 아름다운 꽃을 피우겠죠.
안녕히, 잘 가요. 내 가슴속의
달콤한 휴식과 안식이 당신 마음에도 깃들길 바랄게요!

로미오 아, 나를 이렇게 서운하게 내버려 두실 건가요?

줄리엣 어떻게 해야 만족하시겠어요?

로미오 당신도 진실한 사랑의 맹세를 해주세요.

줄리엣 부탁하기 전에 이미 드렸잖아요.
하지만 가능하다면 다시 드리고 싶어요.

로미오 맹세를 되가져 가시게요? 뭘 하시려고요, 내 사랑?

줄리엣 아낌없이 다시 드리게요.
내가 가진 것만 드리고 싶을 뿐인데,
당신을 향한 내 마음은 바다만큼 끝이 없고
내 사랑은 바다만큼 깊어요. 둘 다 무한해서
당신에게 드리면 드릴수록 더 많이 생겨나죠.

(안에서 유모가 부른다)

안에서 소리가 들려요. 내 사랑, 안녕…….
유모, 잠깐만! 사랑스러운 몬터규, 변치 마세요.
잠깐만 기다려요. 다시 올게요. (퇴장)

로미오 아, 정말 축복이 가득한 밤이구나! 지금은 밤이니
이 모든 것이 한낱 꿈에 지나지 않을까 두렵구나.
너무 감미롭고 아찔하여 실제 같지 않달까.

위에서 줄리엣 등장.

줄리엣 로미오, 세 마디만 더 할 테니, 정말 가세요.
만일 당신이 품은 사랑이 진실하고
결혼을 원하신다면, 어디서 몇 시에
예식을 올릴 것인지, 내일 내가
사람을 보낼 테니 알려 주세요.
난 모든 운을 당신의 발아래 맡기고
세상 어디라도, 나의 남편, 당신을 따라갈게요.

유모 (안에서) 아가씨!

줄리엣 가요, 금방 갈게요. (로미오에게) 만약 진심이 아니라면,
부탁드리니 제발…….

유모 (안에서) 아가씨!

줄리엣 금방 가요!
당신은 그만 애쓰시고, 나 혼자 슬퍼하도록 내버려 두세요.
내일 사람을 보내겠어요.

로미오 그러면 천벌을…….

줄리엣 천 번이고 안녕히! (퇴장)

로미오 그대라는 빛이 사라지니 천 배 더 우울하군요.
연인을 만날 땐 수업을 마친 학생 같고
연인과 헤어질 땐 침울하게 등교하는 학생 같네.
(로미오가 발걸음을 옮긴다)

위에서 줄리엣 다시 등장.

줄리엣 쉬잇, 로미오! 쉬잇! 아, 매사냥꾼의 목소리로

수컷 송골매를 다시 불러들일 수 있다면!
얽매인 몸이라 소리를 지를 수가 없네.
그렇지 않으면 메아리 요정 에코가 잠자는 동굴을 깨부수고
나의 로미오를 계속 부르게 해서 그녀의 목이
나보다 더 쉬게 할 수 있을 텐데. 로미오!

로미오 나의 영혼이 내 이름을 부르는구나. 연인의
목소리는 어둠을 타고 가장 감미로운 음악처럼
쫑긋 듣는 귀에 참으로 청아하게 울려 퍼지네!

줄리엣 로미오!

로미오 나의 어린 매, 부르셨나요?

줄리엣 내일 몇 시에
사람을 보낼까요?

로미오 9시에 보내세요.

줄리엣 꼭 그럴게요. 그때까지 20년 같을 거예요.
당신을 왜 다시 불렀는지 잊어버렸네요.

로미오 생각날 때까지 여기에 서 있을게요.

줄리엣 당신이 늘 거기 있도록 영영 잊어버릴래요.
당신이 곁에 있어 너무나 좋다는 것만 기억하고.

로미오 당신이 영영 잊어버리도록 계속 여기 있을게요.
여기 외에 다른 집은 모두 잊어버리고.

줄리엣 날이 밝아 오네요. 이제 가셔야겠지만,
철부지 아이가 잡은 새보다 더 멀리 가시면 안 돼요.
족쇄를 찬 가엾은 죄수처럼 손아귀에 있던 새를
아이는 잠시 풀어 줬다가

아끼는 새가 자유로워하는 게 샘이 나서
묶어 놓은 비단실을 다시 당기죠.

로미오 당신의 새라면 좋겠군요.

줄리엣 내 사랑, 나도 그래요.
하지만 너무 예뻐하다가 죽게 할 수도 있어요.
안녕, 잘 가요. 헤어지려니 너무 감미롭게 슬퍼서
아침이 될 때까지 작별 인사만 하겠어요.

로미오 당신의 눈에 잠이 깃들고, 마음에는 평온이 깃들길!
내가 그 잠과 평온이라면 그대에게 감미롭게 깃들 텐데.
(줄리엣 퇴장)
이제 고해 신부님께 가서 도움을 청하고
내 소중한 행운도 말씀드려야지. (퇴장)

제2장

(로런스 신부의 거처)

바구니를 든 로런스 신부 홀로 등장.

로런스 신부 푸르스레한 아침이 찡그린 밤에게 미소 짓고
동쪽 구름을 빛줄기로 수놓자, 얼룩덜룩해진 어둠은
낮의 행로와 태양신이 이끄는 불의 전차의 경로에서
술주정뱅이처럼 비틀거리며 물러가는구나.
태양이 이글거리는 눈을 치켜떠 낮을

기운차게 하고 젖은 밤이슬을 말리기 전에
귀한 즙을 내는 꽃과 독성 있는 풀로
이 버들 바구니를 채워야 해.
자연의 어머니인 대지는 무덤이기도 하지.
자연의 무덤인 대지는 자궁이기도 해서
그 속에서 온갖 자식들이 태어나고
자연의 가슴에서 젖을 빠는데,
탁월한 약효를 지닌 것들이 많고
쓸모는 다 다르지만 쓸모없는 것은 없어.
아, 식물과 약초와 돌에, 그리고 이들의
참된 속성에는 놀라운 효험이 많이 들었네!
대지에 머무는 것 중 아무리 해롭다 해도
특유의 이로움을 주지 않는 것은 없어.
아무리 좋은 것도 제대로 사용하지 않으면
참된 본성에서 벗어나 뜻밖의 해로움을 초래해.
미덕은 잘못 쓰면 악으로 바뀌고
악도 잘 쓰면 때로는 선으로 바뀌지.

로미오 등장.

이 여린 꽃의 약한 외피 속에는
독성도 있고 약효도 있어,
냄새를 맡으면 온몸에 활력을 얻지만
씹으면 심장이 멎고 모든 감각이 죽어 버리지.

약초뿐 아니라 사람 속에는 미덕과 욕정이라는
반대되는 두 왕이 자리하고 있어
더 나쁜 쪽이 우세해지면 곧바로
죽음을 부르는 해충이 삼켜 버리지.

로미오 신부님, 안녕하세요.

로런스 신부 축복이 깃들길!
이른 아침에 누가 이렇게 상냥하게 인사할까?
얘야, 이렇게 일찍 잠자리와 이별하다니,
뭔가 고민이 있는 모양이구나.
근심은 늙은이들이 밤새 눈을 감지 못하게 하고
근심이 자리 잡으면 잠은 결코 자리하지 못하는데,
근심 없는 파릇한 젊은이는 팔다리를 뉘면
곧장 황금 같은 잠에 빠져드는 법이거든.
그러니 네가 일찍 일어났다는 건 분명
마음이 심란해 잠을 설쳤다는 뜻이지.
그게 아니라면, 내가 어디 맞춰 볼까,
우리 로미오가 어제 밤을 지새웠군.

로미오 마지막 말씀이 맞지만, 달콤한 안식이었어요.

로런스 신부 하느님 맙소사! 로절린과 함께 있었니?

로미오 신부님, 로절린이라뇨? 아닙니다.
그 이름도, 그 이름이 주는 고통도 잊었어요.

로런스 신부 잘했구나. 그러면 도대체 어디 있었던 거니?

로미오 다시 물으시기 전에 말씀드리죠.
저는 원수와 함께 파티를 즐겼는데, 거기서

누가 저에게 갑자기 상처를 입혔고, 저도
그 사람을 상처 입혔죠. 저희 둘의 치료는
신부님의 도움과 신성한 약에 달려 있어요.
신부님, 아, 제 요청은 원수에게도 도움이 되는 것이니
제게 악의가 있는 것은 아닙니다.

로런스 신부 얘야, 알아듣기 쉽게 명확히 말하렴.
고해성사가 모호하면 죄 사함도 모호해지니까.

로미오 그럼 대놓고 바로 말씀드리죠. 제 소중한 사랑이
부유한 캐풀렛의 아름다운 딸에게 자리 잡았어요.
마찬가지로 그 아가씨의 사랑도 저에게 자리 잡았죠.
다른 것은 모두 맺어졌고, 신성한 결혼식으로
저희를 맺어 주시는 일만 남았어요. 언제, 어디서, 어떻게
만나 구애하고 언약을 주고받았는지는
가면서 말씀드릴게요. 제발 부탁이니
오늘 저희가 결혼하도록 승낙해 주세요.

로런스 신부 거룩한 프란체스코 성자여, 이렇게 변할 수가!
네가 그렇게 끔찍이 사랑하던 로절린을 그리도
쉽게 버렸어? 그렇다면 젊은이의 사랑은
진정 마음에 있지 않고 눈에 있구나.
하느님, 맙소사, 네가 로절린 때문에
창백한 볼을 얼마나 많은 눈물로 적셨는데!
밍밍한 사랑에 간을 하려고 그 짠 물을
얼마나 많이 낭비했는데, 맛도 보지 못하다니!
네 한숨이 만든 구름을 태양은 아직 걷어 내지 못했고,

네 앓는 소리가 아직도 내 늙은 귓가에 울리고 있다.
보거라, 여기 네 볼에는 아직 씻기지 않은
눈물 자국이 그대로 남아 있잖니. 그때의
네가 너 자신이 맞고, 그 슬픔이 네 것이었다면
너의 슬픔은 모두 로절린 때문이었지.
그러고서 마음이 변했다고? 이 격언을 읊어 봐라.
〈남자가 듬직하지 못하면 여자는 타락한다.〉

로미오 로절린을 사랑한다고 종종 꾸짖으셨잖아요.

로런스 신부 맹목적으로 사랑하지 말라는 거였지, 얘야.

로미오 사랑을 묻으라 하셨잖아요.

로런스 신부 그 사랑을 무덤에 묻고
새로운 사랑을 시작하라는 건 아니었다.

로미오 제발 나무라지 마세요. 지금 사랑하는 여인은
호의에는 호의로, 사랑에는 사랑으로 답해 줘요.
저번 아가씨는 안 그랬어요.

로런스 신부 오, 그 아가씨가 알았던 거야.
네 사랑은 뭔지도 모르는 채 외워 읊어 대는 것이라고.
하지만 자, 어린 변덕쟁이야, 가자. 나를 따라오거라.
한 가지 짚이는 바가 있으니 도와주마.
이 결합이 잘되어 너희 두 가문의 증오가
순수한 애정으로 바뀔지도 모르지.

로미오 아, 어서 가요. 마음이 급해요.

로런스 신부 슬기롭게, 천천히. 빨리 뛰면 넘어지는 법이다.

(퇴장)

제3장

(베로나의 거리)

벤볼리오, 머큐쇼 등장.

머큐쇼 이 로미오란 놈은 도대체 어딜 간 거야? 간밤에 집에 들어가지도 않았어?

벤볼리오 아버지 집에는 안 들어왔대. 하인에게 물어봤어.

머큐쇼 아니, 허연 살결의 쌀쌀맞은 계집, 로절린 말이야,
이렇게 괴롭히니 로미오가 미쳐 버릴 지경이지.

벤볼리오 늙은 캐풀렛의 친척 티볼트가
로미오의 아버지 집으로 편지를 보냈대.

머큐쇼 틀림없이 도전장이겠군.

벤볼리오 로미오는 답할 거야.

머큐쇼 글을 쓸 줄 안다면 누구나 답장을 보내겠지.

벤볼리오 그게 아니라, 도전장을 받았으니 도전에 응하겠다고 편지 주인에게 답한다는 거야.

머큐쇼 아, 불쌍한 로미오, 이미 죽은 거나 다름없군. 허연 계집의 까만 눈동자에 찔리고, 사랑 노래로 귀가 뚫리고, 눈먼 소년 궁수 큐피드가 쏜 무딘 화살에 심장 한가운데가 쪼개져 버렸거든. 이런 녀석이 티볼트를 상대할 수 있겠어?

벤볼리오 아니, 티볼트가 어떻길래?

머큐쇼 옛 우화에서 놀림 당하기 일쑤인 티볼트라는 고양이

왕보다 더해. 아, 결투 격식을 차리는 데는 용감한 대장이지. 악보를 보고 노래하듯 정확히 싸워. 박자, 간격, 리듬을 지키니까. 쉼표도 딱 맞춰, 하나, 둘, 셋에 심장을 찔러. 옷의 비단 단추를 잘라 내는 데 명수고. 결투에 도가 텄어. 최고의 검술 학교 출신 뺨치게, 결투 예법상의 두 가지 명분을 잘도 만들어. 아, 불멸의 똑바로 찌르기, 뒤집어 찌르기, 명중!

벤볼리오 뭐라는 거야?

머큐쇼 기괴하고, 혀 짧은 소리 내고, 허세 부리는 별종에, 유행하는 외국 말을 따라 하며 잘난 체하는 놈들은 염병에나 걸려라! 〈와, 명검이군. 아주 용감하군. 대단한 기생오라비군〉 이러고들 있어. 이런 해괴한 기생충들, 유행 추종자들, 외국식으로 〈실례하겠소〉를 남발하는 놈들한테 우리가 이토록 시달려야 하다니, 친구야, 정말 통탄할 일 아니겠어? 이놈들은 새것만 너무 고집하다 보니 옛 의자는 불편해서 편히 못 앉는다네. 참, 뼈가 쑤신대, 뼈가!

로미오 등장.

벤볼리오 마침 로미오가 오네. 로미오가 오고 있어!

머큐쇼 로미오의 〈로〉자라도 빠졌나, 알을 빼내 말린 청어 같군. 아, 살 좀 봐, 어쩌다 생선 꼴이 됐단 말인가! 이제 페트라르카식의 시[23]를 쓸 준비가 된 셈이군. 자기 아가씨에 비하면 페트라르카의 로라는 부엌데기에 불과하다고 생각하겠지. 물론 더 멋들어지게 시를 써준 이는 로라의 연인이지만 말이야. 로미오에게 디도는 촌년이고, 클레오파트라는 까무잡잡한 집시고, 헬레나와 헤로는 닳아빠진 계집에 창녀고, 티스베는 전형적인 미인의 눈을 가졌지만, 소용없지.[24] 로미오, 봉주르! 네가 입은 프랑스식 헐렁 바지와 어울리게 아침 인사를 프랑스어로 했어. 어젯밤엔 우리를 잘도 속이더군.

로미오 둘 다 안녕. 뭘 속였다는 거야?

머큐쇼 감쪽같이 내뺐다고. 못 알아듣겠어?

로미오 미안하게 됐어, 머큐쇼. 중요한 볼일이 있었어. 이런 경우에는 고개를 좀 덜 숙일 수도 있잖아.

머큐쇼 고개를 숙이고 다리가 후들거리도록 엉덩이를 흔들어 댈 일이 있었다는 말이군.

로미오 예의를 말하는 거였어.

머큐쇼 아주 친절하게 거기를 명중시켰군 그래.

23 이탈리아의 14세기 인문주의 시인 페트라르카가 쓴 소네트를 말한다. 페트라르카는 오랜 세월 연모한 로라를 찬미하는 소네트를 3백 편 이상 썼고, 이는 르네상스 시대에 영국을 비롯한 유럽 전역에 소네트 열풍을 일으켰다. 흔히 소네트는 이상화된 여성에 대한 남성의 일방적이고 맹목적인 사랑을 주제로 하며, 소네트에서 여성은 도도하고 냉정하게 남성의 구애를 거부하고, 시의 화자인 남성은 상심해 실의에 빠지고 침통해하며 사랑의 하소연을 한다.

24 머큐쇼는 로절린을 그리스 로마 고전의 여성 인물 다섯 명과 비교한다. 허구적이거나 전설적인 이 여성 인물들은 여러 문학 작품들에서 상당한 미인으로 묘사되고, 연인과의 사랑이 비극적으로 끝난다는 공통점을 지녔다.

로미오 참 예의 바르게도 설명하네!

머큐쇼 그렇지, 난 예의의 꽃이거든.

로미오 꽃이란 말이지.

머큐쇼 그래.

로미오 아, 이 무도회 신발에도 꽃이 피었는데.

머큐쇼 재치 있었어. 네 신발이 다 닳을 때까지 계속 내 농담을 쫓아와 봐. 닳아서 밑창마저 없어진 후에는 농담만 남아 있을 거고, 이거 끝내주겠는데.

로미오 유치함 하나는 끝내주는 조악한 농담이야.

머큐쇼 벤볼리오, 너도 끼어들어 봐. 내 재담이 바닥나고 있어.

로미오 채찍질하고 박차를 가해. 안 그러면 나의 승리니까.

머큐쇼 싫어. 후자가 선두를 그냥 뒤따르기만 하는 그런 경주라면, 난 그만할래. 네가 하는 재담 하나에 내 것 전부보다 다섯 배 많은 헛소리가 들어 있는데, 멍청한 거위 같은 헛소리 겨루기로 어떻게 내가 널 따라잡겠어?

로미오 헛소리 겨루기 말고는 네가 나와 같이 한 게 없지.

머큐쇼 그런 농담 하면 네 귀를 깨물어 줄 거야.

로미오 안 돼, 착한 거위야, 깨물지 마.

머큐쇼 네 재담은 달콤 쌉쌀한 사과야. 톡 쏘는 양념 같아.

로미오 달콤한 거위 요리에 잘 어울리는 양념 아냐?

머큐쇼 아, 새끼 염소 가죽 같은 재담이 여기 있군. 작은 걸 쭉쭉 늘여 키우니까 말야.

로미오 〈키우다〉라는 말만큼 늘인 거야. 거위[25]에다가 이 말

25 거위는 당시 어리석은 동물로 알려져 있었다.

을 붙이면, 넌 통통하게 잘 키운 거위가 되는 거지.

머큐쇼 어때, 사랑에 신음하는 것보다 이런 농담을 주고받는 게 더 낫지 않아? 이제 넌 사교적이 되었고, 이제 로미오가 되었으며, 본성과 기지 모두 본래 네 모습으로 돌아왔어. 그런 시시한 사랑은 구멍에 소중한 자기 물건을 숨기려고 혀를 늘어뜨린 채 뛰어다니는 바보 천치 같아.

벤볼리오 거기서 멈춰. 그만하라고.

머큐쇼 거기에 막 들어가려는 참인데 그만하라니.

벤볼리오 안 그러면 말을 더 길게 늘어뜨렸을 테니까.

머큐쇼 아니, 네가 틀렸어. 빠져나와 짧게 줄이려던 참이었어. 가장 깊은 곳까지 들어갔으니, 정말 더는 거기 머물 생각이 없었거든.

로미오 저기 좋은 물건이 오는군.

줄리엣의 유모와 하인 피터 등장.

벤볼리오 배다, 배!

머큐쇼 두 척이야. 셔츠 입은 남자와 속치마 입은 여자.

유모 피터.

피터 네.

유모 피터, 내 부채.

머큐쇼 피터, 유모의 얼굴을 가려 주게. 유모 얼굴보다 부채가 더 아름다우니.

유모 좋은 아침입니다, 신사분들.

머큐쇼 좋은 오후입니다, 아름다운 부인.

유모 좋은 오후라고요?

머큐쇼 그렇고 말고요. 왜 그런가 하면, 시계에 달린 음탕한 손이 지금 정오의 거시기를 만지고 있잖아요.

유모 별 망측한 소릴 다 듣겠네. 뭐 이런 사람이 다 있담!

로미오 부인, 하느님께서 만드시고도 직접 망가뜨린 사람이지요.

유모 말씀 정말 잘했어요. 〈직접 망가뜨린〉이라고 했죠? 그런데 신사분들, 어디에서 젊은 로미오 도련님을 찾을 수 있는지 말해 줄래요?

로미오 제가 말씀드리죠. 젊은 로미오는 부인께서 찾아 나섰을 때보다 발견했을 때 더 나이가 들어 있을 겁니다. 그 이름을 가진 이들 중 제 나이가 가장 적죠. 더 적은 이는 없거든요.

유모 좋은 말씀이네요.

머큐쇼 가장 적은 게 좋다고요? 정말이지 현명하게 잘도 이해했군요.

유모 댁이 로미오 도련님이면, 단둘이 할 말이 있어요.

벤볼리오 만찬에 초대라도 할 모양이군.

머큐쇼 뚜쟁이다, 뚜쟁이, 뚜쟁이야. 찾았다!

로미오 뭘 찾았다는 거야?

머큐쇼 일반 토끼는 아냐. 사순절[26] 파이에 몰래 넣어 먹는, 다

26 기독교 절기 중 하나로, 교인들은 금육, 금식, 참회, 희생 등을 하며 예수의 수난에 동참한다.

먹기도 전에 상해서 곰팡이 핀 토끼 고기라면 모를까.

(그들 주위를 돌며 노래한다)

하얗게 늙어 버린 토끼,
하얗게 늙어 버린 토끼,
사순절용으로 꽤 좋은 고기.
하지만 하얗게 된 토끼 고기는
먹기도 전에 곰팡이가 피니
돈 주고 사 먹기엔 아깝네.

로미오, 아버지 집에 갈 거야? 우리도 거기서 식사할 건데.

로미오 곧 따라갈게.

머큐쇼 잘 가세요, 늙은 숙녀. 잘 가요, (노래한다) 숙녀, 숙녀, 숙녀.[27] (머큐쇼와 벤볼리오 퇴장)

유모 상스러운 말만 골라서 하는 저 건방진 놈은 대체 뭐하는 작자죠?

로미오 유모, 본인이 하는 말을 듣기 좋아하는 신사고, 한 달 동안 할 말보다 많은 말을 1분 동안 떠들어 댄답니다.

유모 그자가 내 험담을 한다면 넘어뜨려 버릴 거예요. 더 힘이 센 저런 상놈 스물이 있더라도 말이죠. 만약 내가 못하면 대신 해줄 사람을 찾겠어요. 망할 자식! 난 그자가 집적대도 되는 헤픈 여자가 아닌데. 난 그자의 노리갯감이 아니라고요. (피터에게) 그리고 네놈은 어찌된 게, 우두커니 서서 저 잡놈들이 마음대로 나를 갖고 노는 걸

27 완전히 순결한 여자에 관한 민요의 후렴구로, 여기서 머큐쇼는 유모를 조롱하는 의도로 사용하고 있다.

보고만 있었니.

피터 유모를 마음대로 갖고 노는 사람은 아무도 못 봤는데요. 만일 그랬다면 즉시 제 무기를 꺼냈을 겁니다. 제가 장담하건대, 싸울 만한 상황이고 법이 제 편이라면, 다른 어떤 사람보다 빨리 꺼냈을 거라고요.

유모 이거 정말이지, 분통이 터져서 온몸이 다 떨리네. 빌어먹을 놈! (로미오에게) 도련님, 한 말씀만 드릴게요. 말씀드렸듯, 제 아가씨가 도련님께 물어보라고 했어요. 아가씨가 전하라는 말은 저 혼자만 알고 있을게요. 하지만 먼저 이 말을 하고 싶네요. 도련님께서 우리 아가씨와 소위 말하는 재미나 보려는 속셈이라면, 그건 정말이지 막돼먹은 행동이에요. 우리 아가씨는 아직 어리다고들 하잖아요. 그래서 만일 도련님이 우리 아가씨를 농락한다면, 그건 어떤 숙녀에게라도 정말 못할 짓이고 아주 형편없는 처사예요.

로미오 유모, 아가씨께 안부 전해 드리고, 맹세하건대…….

유모 착하시네요. 하신 말씀은 충분히 잘 전해 드릴게요. 도련님, 도련님, 아가씨가 무척 기뻐하겠어요.

로미오 유모, 아가씨께 뭐라고 전할 거죠? 내 말은 듣지도 않았잖아요.

유모 도련님이 맹세를 했다고 전해야죠. 제가 보기에 신사다운 제안이고요.

로미오 아가씨께 오늘 오후에 고해성사하러 갈 구실을 만들라고 하세요.

그러면 로런스 신부님의 거처에서 죄 사함을 받고
결혼식을 올릴 겁니다. 이건 수고비니 받아요.

유모 아니에요, 정말 아니에요. 한 푼도 못 받아요.

로미오 자, 그냥 받으세요.

유모 (돈을 받으며) 오늘 오후, 네, 꼭 가시게 할게요.

로미오 유모, 수도원 담 뒤에서 기다려요.
한 시간 안에 내 하인이 거기서 유모를 만나
밧줄 사다리를 건네 줄 거예요.
은밀한 밤에 기쁨의 절정으로
나를 데려다줄 수단이죠. 잘 가요.
부탁대로 해주면 다시 답례를 할게요.
잘 가요. 아가씨에게 안부 전해 주시고요.

유모 이제 하느님의 축복이 깃들길! 도련님, 들어 보세요.

로미오 사랑하는 유모, 무슨 할 말이 있어요?

유모 도련님 하인은 믿을 만해요? 이런 말 못 들어 봤어요?
〈두 사람 사이의 비밀은 한 사람을 없애야 지킬 수 있다.〉

로미오 내 보증하는데, 강철처럼 믿음직한 사람이에요.

유모 그런데, 도련님, 아가씨는 최고로 귀여운 분이에요.
아가씨가 쫑알거리는 아기였을 때는……
참, 시내에 아가씨 곁을 노리는
패리스라는 귀족이 계신데,
착한 아가씨는 그분을 흉한 두꺼비 보듯 한다니까요.
내가 가끔 아가씨를 화나게 했죠.
패리스 님이 더 멋지다고 말했거든요.

하지만 그런 말을 하면 아가씨는 세상에서
가장 새하얀 침대보처럼 창백해졌어요.
로즈메리[28]와 로미오는 둘 다 같은 글자로 시작되죠?

로미오 네, 유모, 둘 다 〈ㄹ〉로 시작되죠. 그런데 왜요?

유모 아이고, 웃겨. 그건 개가 으르렁거릴 때 내는 소리죠. 〈ㄹ〉은 또한 거시기…… 아니, 그건 다른 글자로 시작되는구나. 아가씨가 도련님 이름과 로즈메리로 가장 아름다운 문장을 만들었는데, 도련님이 들으면 좋아하실 거예요.

로미오 아가씨께 안부 전해 주세요.

유모 네, 천 번이라도 그러죠. 피터!

피터 네.

유모 (자신의 부채를 건네며) 앞서서 빨리 가.

(피터와 유모는 한쪽으로, 로미오는 다른 쪽으로 퇴장)

제4장

(캐플렛 집의 정원)

줄리엣 등장.

줄리엣 9시 종이 울릴 때 유모를 보냈어.

28 사철 푸르고 향기로운 로즈메리는 결혼식이나 장례식에서 기억의 상징으로 사용되었다.

30분 안에 돌아오겠다고 약속했고.
그이를 못 만났을지도 모르지. 그건 아니야.
아, 유모는 절름발이인가 봐! 사랑의 전령은
머릿속 생각 같아야 해. 음울한 언덕에서 그림자를
몰아내는 햇살보다 열 배나 더 빨리 움직여야 하니까.
그래서 날갯짓이 빠른 비둘기가 비너스의 마차를 끌고,
그래서 바람처럼 빠른 큐피드는 날개를 가지고 있지.
지금 태양은 하루의 경로 중 정상에 다다랐고,
9시에서 12시까진 장장 세 시간인데,
유모는 아직도 돌아오지 않았어.
유모가 열정과 뜨거운 젊은 피를 가졌으면
공처럼 움직임이 빨랐을 텐데.
내 말이 유모를 공처럼 쳐서 내 사랑에게 보내고,
내 사랑은 되받아 쳐서 내게 보내고.
하지만 노인들은 죽은 사람처럼 움직여.
납처럼 뻣뻣하고 느리고 무겁고 또 창백하지.

유모와 피터 등장.

어머, 오셨네! 아, 사랑하는 유모, 어떻게 됐어요?
그이를 만났죠? 하인은 내보내요.

유모 피터, 대문에서 기다려. (피터 퇴장)

줄리엣 상냥한 유모, 아, 세상에, 왜 슬픈 표정이죠?
비록 슬픈 소식이더라도 기쁘게 말하세요.

좋은 소식인데 그런 시무룩한 얼굴로 들려준다면
음악 같은 감미로운 소식을 망치니까요.

유모 지쳐서 그러니 숨 좀 돌리게 시간을 줘요.
아이고, 뼈마디가 쑤셔 죽겠네. 얼마나 뛰어다녔는지!

줄리엣 유모가 내 뼈를 갖고, 난 유모의 소식을 가졌으면.
그러지 말고, 자, 착한 유모, 제발 부탁이니 말해 줘요.

유모 어쩜, 급하기도 하셔라! 잠깐도 못 기다려요?
내가 이렇게 숨차 하는 거 안 보이세요?

줄리엣 숨차다면서, 내게 숨차다고
말할 숨은 어떻게 아직 남아 있어요?
이렇게 시간 끌면서 대는 핑계가
핑계 대느라 못 전하는 소식보다 길겠네.
좋은 소식인지 나쁜 소식인지, 그것부터 말해요.
어느 쪽인지 말해 주면 나머지 얘기는 기다릴게요.
속 시원히 말해 줘요. 좋아요, 아니면 나빠요?

유모 글쎄, 아가씨는 바보 같은 선택을 했더군요. 남자 고르는 법을 몰라요. 로미오? 안 돼요, 그분은 아니죠. 얼굴은 어떤 남자보다 잘생겼고, 다리는 모든 남자들을 능가하고, 이런 건 언급할 필요도 없지만, 손이며 발이며 몸이며 모두 비할 데가 없는 건 사실이지만요. 예의범절의 꽃이라 할 수는 없지만, 제가 장담컨대, 양처럼 순하더군요. 아가씨 원하시는 대로 해요. 잘하시고요. 참, 집에서 점심식사 했어요?

줄리엣 아니요. 그건 이미 다 아는 거예요.

그이가 우리 결혼에 대해 뭐라고 해요? 뭐라던가요?
유모 아이고, 머리가 지끈거리네! 머리가 왜 이렇담?
스무 조각으로 부서질 듯 아프네.
내 등이……. (줄리엣이 유모의 등을 문지른다)
거기 말고…… 아, 등짝! 이놈의 등짝!
이런 심부름을 보내다니, 아가씨는 너무했어요.
이리저리 쏘다니느라 아파 죽는 줄 알았네.
줄리엣 유모 몸이 안 좋다니, 정말 미안해요.
상냥하고 또 상냥한 유모, 내 사랑이 뭐라던가요?
유모 아가씨 애인이 말했죠. 점잖은 신사답게,
예의 바르고, 친절하고, 멋지고,
장담컨대 덕도 있는…… 참, 아가씨 어머니는 어디 계시죠?
줄리엣 어머니가 어디 계시냐고요? 당연히 안에 계시죠.
어머니가 어디 계시겠어요? 〈아가씨 애인이 말했죠.
점잖은 신사답게. 어머니는 어디 계시죠?〉라니,
참으로 이상한 대답이네!
유모 아, 맙소사!
그렇게 애가 타요? 제발 좀 침착해요.
그게 쑤시는 제 뼈마디에 대한 처방인가요?
이제부터는 아가씨가 직접 전하세요.
줄리엣 정말 유난 떠는군요! 자, 로미오가 뭐랬어요?
유모 고해성사에 가는 건 허락받았어요?
줄리엣 받았어요.
유모 그럼 빨리 로런스 신부님의 거처로 가세요.

아가씨를 신부로 맞이할 신랑이 거기서 기다려요.
이제 아가씨의 볼에 기운찬 혈색이 도는군요.
무슨 소식이라도 들으면 금방 홍당무가 되겠어요.
서둘러 성당으로 가요. 저는 사다리를 가지러
다시 가야 해요. 밤이 되면 아가씨의 애인이
그걸 타고 이 둥지로 곧장 올라올 거예요.
난 아가씨의 기쁨을 위해 온갖 힘든 일을 하는데,
어두워지면 곧 아가씨는 밤일을 하겠네요.
난 점심 먹으러 가요. 아가씨는 어서 신부님께 가세요.

줄리엣 행운이 있길! 믿음직한 유모, 잘 가요. (각자 퇴장)

제5장

(로런스 신부의 거처)

로런스 신부와 로미오 등장.

로런스 신부 이 성스러운 의식에 하늘은 미소 짓고
후일 저희를 꾸짖으려 슬픔을 주지는 마소서!

로미오 아멘, 아멘. 하지만 어떤 슬픔이 찾아와도
줄리엣을 볼 때 제가 한순간 느끼는 기쁨을
꺾을 수 없을 것입니다. 저희 손을
성스러운 말씀으로 이어 주시면,
사랑을 집어삼키는 죽음이 무슨 짓을 한다 해도

줄리엣을 제 아내라 부르는 것으로 충분합니다.

로런스 신부 이런 격한 즐거움은 격한 끝을 맞이하고
서로 입 맞추면 타 없어지는 불꽃과 화약처럼
절정의 순간에 스러지고 말지. 가장 달콤한 꿀도
자체의 단맛에 질리게 되고, 맛보다가
입맛을 버리게 되지. 그러니 적당히 사랑해라.
길게 가는 사랑은 그런 거야. 너무 빠르면
너무 느린 것만큼 지체되는 법이란다.

줄리엣 급히 등장, 로미오와 포옹한다.

아가씨가 오셨네. 아, 인생의 거친 돌길을
절대 배겨 내지 못할 경쾌한 발걸음이군.
사랑에 빠지면 들뜬 여름 바람에 살랑거리는
거미줄 위를 걸어도 떨어지지 않는다지.
속세의 욕망도 가볍기 짝이 없는 법.

줄리엣 고해 신부님, 안녕하세요.

로런스 신부 우리 둘 몫의 인사를 로미오가 하겠지요.

(로미오가 인사로 줄리엣에게 키스한다)

줄리엣 그럼 로미오의 인사만 과해지니, 저도 그만큼 하죠.

(줄리엣이 로미오에게 키스로 답한다)

로미오 오, 줄리엣, 그대 기쁨의 크기가 나와 같고
이를 설명할 재주가 나보다 낫다면,
그대의 숨결로 주변 공기를 감미롭게 해요.

이 소중한 만남이 서로에게
어떤 행복을 안겨 줄지 그 생각을
풍성한 음악 같은 목소리로 펼쳐 봐요.

줄리엣 말보다 더 많은 것을 담는 생각은
겉치장이 아니라 그 본질을 자랑으로 삼죠.
가진 것을 헤아릴 수 있는 건 거지뿐이에요.
하지만 내 진실한 사랑은 끝없이 커져서
이 사랑의 절반도 헤아릴 수 없답니다.

로런스 신부 자, 나랑 가서 식을 빨리 끝내자꾸나.
안됐지만, 성당에서 둘을 하나로 합치기 전까지
너희 둘만 있게 할 수는 없단다. (퇴장)

제3막

제1장

(베로나의 거리)

머큐쇼와 그의 시동, 벤볼리오와 그의 하인들 등장.

벤볼리오 제발, 머큐쇼, 그냥 물러나자.
날은 덥고 캐풀렛 놈들이 나다니니
만나게 되면 싸움을 피할 수 없을 거야.
이런 더운 날에는 미쳐 날뛰기 십상이라고.

머큐쇼 내가 너 같은 사람들을 아는데, 선술집 문턱을 넘어 안으로 들어가면 탁자에 칼을 탁 올려놓고는 〈이게 필요할 일이 없길!〉 이렇게 말하지. 그런데 두 번째 잔을 들이켜 술기운이 돌자마자, 정말 그럴 필요가 없는데도, 맥주를 뽑아다 준 종업원에게 칼을 뽑아 들어.

벤볼리오 내가 그런 놈 같다고?

머큐쇼 그래, 그래. 이탈리아에서 너처럼 기분 상할 때 발끈

하는 녀석은 없을걸. 기분이 상하면 바로 화를 내고, 화가 나면 바로 기분이 상하지.

벤볼리오 무엇에 화를 낸다는 거야?

머큐쇼 자네 같은 녀석이 둘 있으면, 금방 둘 다 없어질걸. 하나가 다른 하나를 죽여 버릴 테니. 너는, 글쎄, 넌 말이지, 너보다 수염이 한 가닥 많다고 싸우고, 또 한 가닥 적다고 싸울 거야. 아무 이유 없이, 오로지 네 눈이 헤이즐넛색이기 때문에 헤이즐넛을 깨뜨리는 사람과 싸울걸. 네가 아니면 다른 어떤 눈이 그런 시빗거리를 찾아내겠어? 계란이 흰자와 노른자로 꽉 차 있듯이 네 머리는 온통 싸움 생각으로 가득 차 있지. 하지만 네 머리는 싸우다 맞아서 흰자와 노른자가 뒤섞여 버린 썩은 계란이야. 누군가 길거리에서 기침을 하는 바람에 햇살 아래 고이 잠든 네 강아지가 잠이 깼다고 그 사람과 싸우기도 했어. 어느 재단사가 부활절이 되기도 전에 새로운 윗옷을 입었다고 다투고, 다른 사람이 새 신발을 낡은 끈으로 묶었다고 싸우기도 했지? 그런 네가 싸우지 말라고 가르치려 들다니!

벤볼리오 만약 내가 너처럼 싸우길 좋아한다면, 내 목숨의 온전한 소유권은 한 시간 15분짜리일걸.

머큐쇼 목숨의 온전한 소유권? 바보 같은 소리!

티볼트, 퍼트루키오, 그 외에 여러 사람 등장.

벤볼리오 내 목을 걸고 말하는데, 캐풀렛 놈들이 오고 있어.

머큐쇼 내 발꿈치를 걸고, 난 거리낄 게 없어.

티볼트 (일행들에게) 내가 말을 걸 테니 내 뒤에 바짝 붙어.
(몬터규 측에게) 안녕들 하십니까? 한 분과 한 마디 나누죠.

머큐쇼 한 분과 한 마디 나누고 싶다고? 다른 것과 짝을 맞춰 보면 어떤가. 한 마디에 한 대씩 갈기기라든가.

티볼트 그쪽에서 싸울 명분을 준다면 난 언제든 응할 준비가 되어 있어.

머큐쇼 주지 않으면 겁나서 직접 명분을 만들진 못하고?

티볼트 머큐쇼, 넌 로미오와 짝짜꿍이 잘 맞지.

머큐쇼 뭐, 짝짜꿍? 체, 우리가 악사 패거린 줄 알아? 우리를 악사로 만든다면, 넌 불협화음만 듣게 될걸. (자기 칼을 만지며) 현을 켜는 활이 여기 있어. 장단에 맞춰 널 춤추게 만들 물건이지. 제기랄, 〈짝짜꿍〉이라니!

벤볼리오 여긴 사람들이 많이 지나다니는 곳이야.
어디 조용한 곳으로 옮기든지, 차분하게
서로의 불만을 말하든지, 그것도 아니면
그냥 헤어지자고. 다들 우리를 보고 있어.

머큐쇼 사람 눈은 보라고 있는 거니 보라고 해.
누구 좋으라고 물러서진 않을 테니.

로미오 등장.

티볼트 이제, 너와는 그만해야겠군. 마침 놈이 왔으니.

머큐쇼 로미오가 〈놈〉이라 부를 하인이라면, 내 목을 내놓겠어.
자, 결투장으로 앞장서 가면, 그가 자넬 뒤따를 거야.
그때서야 폐하께서[29] 저 친구를 〈놈〉이라 부를 수 있겠죠.

티볼트 로미오, 넌 상놈이야. 이 말이
내가 너에게 지닌 애정의 최대 표현이지.

로미오 티볼트, 난 자네에게 애정을 느낄 이유가 있으니,
그런 인사에는 화를 내 마땅하지만
참겠어. 난 상놈이 아니야.
그럼, 잘 가. 날 몰라보는군.

티볼트 애송이, 이런다고 네가 나에게 준 모욕이
용서되는 게 아냐. 그러니 돌아서서 칼을 뽑아.

로미오 난 결코 자네에게 모욕을 준 적이 없어.
나중에 그 이유를 알게 되겠지만, 오히려
난 자네가 상상하는 이상으로 자넬 좋아해.
그러니 내 이름만큼이나 소중한 이름인
착한 캐풀렛, 진정해.

머큐쇼 그리 얌전히 복종하는 건 치욕스럽고 나쁘다고!
(칼을 뽑으며) 단칼에 쓸어버리면 되는데.
쥐잡이 티볼트, 자, 나랑 한번 해볼래?

티볼트 나랑 뭘 하겠다는 거지?

머큐쇼 고양이들의 왕이여, 네 아홉 개 목숨 중 하나만 원한다. 감히 하나를 빼앗고, 이후 나에게 어떻게 하는가에

29 머큐쇼는 조롱하기 위해 티볼트를 우화 속 고양이들의 왕과 동일시해 폐하라고 부른 것이다.

따라 나머지 여덟 개도 두들겨 팰 거야. 가죽 칼집에서 칼을 뽑아 보시지? 서두르지 않으면, 칼을 다 뽑기도 전에 내 칼이 네 귀를 내리칠 텐데.

티볼트 (칼을 뽑으며) 그럼 내가 상대해 주지.

로미오 머큐쇼, 칼을 거둬.

머큐쇼 (티볼트에게) 자, 앞 찌르기 해봐.

(머큐쇼와 티볼트가 싸운다)

로미오 벤볼리오, 칼을 뽑아. 저 둘의 무기를 내리치자고.
신사들, 창피하니 이런 폭력은 그만둬.
티볼트, 머큐쇼, 베로나 거리에서 이렇게
분란을 일으키지 말라고 영주님이 엄명을 내리셨잖아.
그만하지, 티볼트, 착한 머큐쇼.

(로미오가 두 사람의 칼끝을 내리치고 둘 사이에 끼어든다.
그러자 티볼트가 로미오의 팔 밑으로 머큐쇼를 찌른다)

퍼트루키오 도망쳐, 티볼트! (티볼트는 일행들과 퇴장)

머큐쇼 찔렸군.
두 가문에 저주나 내려라! 난 끝이구나.
그놈은 도망갔어? 멀쩡하게?

벤볼리오 아니, 너 다쳤어?

머큐쇼 아, 칼이 스쳤어. 그래도 충분한 타격이지.
내 시동 어디 있지? 이놈아, 어서 가서 의사를 데려와.

(시동 퇴장)

로미오 기운을 내. 상처가 크지는 않으니.

머큐쇼 그래. 우물만큼 깊지 않고 교회 문만큼 넓지도 않지만, 충분한 상처지. 영향을 미칠 거야. 내일 나를 찾아 봐. 그럼 무덤에서 나를 발견할 테니. 내 장담컨대, 난 이 세상과 볼일은 다 봤어. 두 가문에 저주나 내려라! 제기랄, 개, 쥐, 생쥐, 고양이 같은 놈, 사람을 할퀴어 죽게 해? 검술 교과서에 나오는 대로 헤아려 가며 싸우는 허풍쟁이, 비열한 놈, 악당! 도대체 우리 사이에 왜 끼어든 거야? 네 팔 밑으로 찔렀잖아.

로미오 그게 최선이라고 생각했어.

머큐쇼 벤볼리오, 나를 어느 집이든 안으로 데려다줘.
기절할 것 같아. 두 가문에 저주나 내려라!
그들이 나를 구더기 밥으로 만들었어.
난 끝났어, 그것도 완전히. 망할 두 가문!

(로미오만 남고 나머지 퇴장)

로미오 영주님의 가까운 친척이자 내 진실한 벗인
머큐쇼가 나 때문에 이런 치명상을 입었고,
티볼트의 욕설에 내 명예도 더럽혀졌어.
티볼트와 친척이 된 지 한 시간밖에 안 됐는데!
아, 사랑스러운 줄리엣, 당신의 아름다움이
나를 여자처럼 나약하게 했고, 내 기질 속
강철 같은 용맹함을 무디게 만들었군요.

벤볼리오 등장.

벤볼리오 아, 로미오, 로미오, 용감한 머큐쇼가 죽었어!

그의 늠름한 영혼이 구름 위로 높이 올라갔어.
이곳 지상의 삶을 너무 일찍 던져 버렸어.

로미오 오늘의 이 불행은 앞날에도 이어지겠지.
이것은 언젠가 끝맺을 불행의 시작에 불과해.

티볼트 등장.

벤볼리오 몹시 화난 티볼트가 다시 오는데.

로미오 놈은 의기양양 날뛰는데, 머큐쇼는 죽어?
이제 정중한 관용 따위 팽개쳐 버리고,
불같이 이글거리는 분노에 내 몸을 맡기자.
자, 티볼트, 조금 전 나에게 했던 〈상놈〉이라는
욕을 돌려주마. 머큐쇼의 영혼은 아직
우리 바로 위를 떠돌며, 네 영혼을
데려가려고 기다리고 있어. 너와 나,
둘 중 하나 아니면 둘 다 함께 가야 해.

티볼트 비열한 놈, 네가 이 세상에서 함께 놀았으니
저세상도 함께 가라.

로미오 이 칼이 결정하겠지.

(둘이 싸운다. 티볼트가 쓰러지고, 결국 죽는다)

벤볼리오 로미오, 빨리 가. 도망쳐.
시민들이 몰려오고 있고, 티볼트는 죽었다고.
넋 놓고 있지 마. 만약 붙잡히면 영주님이
사형을 내릴 거야. 빨리 여길 떠나, 어서.

로미오 아, 난 운명의 노리개구나.

벤볼리오 왜 가만있어? (로미오 퇴장)

시민 경비대원들 등장.

시민 경비대원 머큐쇼를 죽인 놈은 어디로 도망갔소?
살인자 티볼트, 그 놈은 어디로 도망친 거요?

벤볼리오 티볼트는 저기 누워 있습니다.

시민 경비대원 일어나 같이 갑시다.
영주님의 이름으로 명령하니, 순순히 따르시오.

영주, 늙은 몬터규과 캐풀렛, 두 사람의 부인들,
나머지 사람들 모두 등장.

영주 이 싸움을 시작한 못된 놈들은 어디 있느냐?

벤볼리오 아, 고귀한 영주님, 어쩌다가 치명적인 싸움에
이르게 되었는지 제가 낱낱이 말씀드리겠습니다.
저기 쓰러져 있는 자는 영주님의 용감한 친척인
머큐쇼를 살해한 후 로미오에게 죽임을 당했습니다.

캐풀렛 부인 티볼트, 내 조카야. 아, 우리 오빠 아들!
아, 영주님. 아, 조카야. 아, 여보. 아, 사랑하는
친척이 피를 쏟았어요! 영주님께서는 공정하시니
우리 가문의 피를 몬터규 가문의 피로 갚아 주세요.
아, 조카야, 조카야!

영주 벤볼리오, 누가 이 싸움을 시작했지?

벤볼리오 로미오의 손에 죽은, 여기 있는 티볼트입니다.
로미오는 이 싸움이 얼마나 터무니없는지 생각하라고
정중히 말했고, 또한 영주님께서
노하실 거라 설득했습니다. 점잖은 말과
착한 표정으로, 무릎도 굽힌 채 설득했지만,
이 모든 노력도 화해에 귀를 막은 고집불통의
화난 티볼트를 멈추게 하지 못했고, 티볼트가
용감한 머큐쇼의 가슴에 날카로운 칼을 겨누자
머큐쇼 역시 흥분해서 치명적인 칼에는 칼로
응수하고, 용맹하게 비웃으며 차가운 죽음을
한 손으로 막은 다음 다른 손으로 티볼트를
겨눴지만, 티볼트 역시 민첩하게 맞받아쳤습니다. 로미오는
〈그만둬, 친구들, 친구들, 떨어져!〉라고 크게 외치며,
외치는 혀보다 빨리 민첩하게 두 사람의 치명적 칼끝을
내리치고 둘 사이에 뛰어들었는데,
말리는 팔 밑으로 악의에 찬 티볼트가
용감한 머큐쇼의 심장을 가격한 후
도망갔습니다. 하지만 다시 돌아왔고,
이제 로미오도 복수심에 불타서
두 사람은 번개처럼 맞붙었습니다.
둘을 떼놓으려 제가 칼을 뽑기도 전에
악의에 찬 티볼트는 살해당했고요.
티볼트가 쓰러지자 로미오는 도망갔습니다.

이게 사실이 아니라면 저를 죽이십시오.

캐풀렛 부인 이자는 몬터규의 친척입니다. 정 때문에
거짓에 이끌린 겁니다. 이자의 말은 사실이 아니에요.
스무 명 정도가 이 음흉한 싸움에 관여했고,
스무 명 전부가 단 한 사람을 죽인 겁니다.
영주님, 정의롭게 벌해 주시길 간청합니다.
티볼트를 죽였으니 로미오는 죽어야 합니다.

영주 로미오는 이자를 죽였고, 이자는 머큐쇼를 죽였다.
그럼 누가 머큐쇼의 핏값을 치를 것인가?

몬터규 영주님, 로미오는 아닙니다. 머큐쇼의 친구니까요.
죄가 있다면, 법이 내릴 심판을 대신한 것뿐입니다.
티볼트의 목숨 말입니다.

영주 바로 그 죄를 물어
로미오를 즉각 이곳에서 추방하고자 한다.
당신들의 증오로 인한 싸움에 나도 휘말렸다.
무례한 난동으로 내 친척이 피를 흘렸으니.
내 친척을 앗아 간 것을 뼈저리게 후회하도록
당신들에게 막대한 벌금을 부과할 것이다.
청원이나 변명 따위는 일체 듣지 않겠다.
눈물이나 기도로도 면죄받지 못할 것이다.
그러니 꿈도 꾸지 말라. 로미오를 당장 쫓아내라.
그렇지 않고 발각되면 바로 죽게 될 것이다.
이 시체를 치우고, 내 뜻을 받들어라.
살인자를 향한 자비는 다른 살인으로 이어진다. (퇴장)

제2장

(캐풀렛의 집)

줄리엣 혼자 등장.

줄리엣 불꽃 발굽의 말들아, 태양의 안식처로
빨리 내달려라. 파에톤[30] 같은 성질 급한
마부가 너희를 서쪽으로 채찍질해서
빨리 어두운 밤이 찾아오면 좋겠구나.
사랑을 이루는 밤이여, 네 장막을 펼쳐라.
부랑자의 눈을 가려서 보고 듣는 이 없이
로미오가 내 품에 안기게 해다오.
연인은 자신들의 아름다움을 빛 삼아
사랑의 의식을 볼 수 있지. 사랑이 눈멀었다면
밤과 가장 잘 어울려. 오거라, 온통 검은 옷으로
수수하게 차려입은 부인 같은 엄숙한 밤이여,
순결한 처녀 총각이 펼치는 내기에서
지면서 이기는 법을 가르쳐 다오. 내 볼에 감도는
처녀 혈색을 너의 검은 망토로 가려 다오.
수줍은 사랑이 대담해져 참된 사랑의
행위가 순진한 겸양이라 생각되도록.
밤이여, 오거라. 한밤중 대낮 같은 로미오,

30 태양신의 아들로, 아버지의 마차를 너무 빨리 모는 바람에 지구가 불타 버릴 지경에 이르자 제우스는 그에게 번개를 내리쳐 막았다.

오세요. 밤의 날개 위에 누운 당신은
까마귀 날개 위의 눈보다 더 새하얄 테니.
오거라, 친절한 밤이여. 오거라, 사랑스럽고,
검은 이마를 한 밤이여, 내게 로미오를 다오.
내가 죽으면 그이를 데려가 작게 나누고
무수한 별들로 만들어 다오. 그러면 하늘이
너무도 아름다워져 온 세상이 밤을 사랑하고
번쩍거리는 태양을 더 이상 섬기지 않겠지.
아, 난 사랑이라는 저택을 구입했지만
아직 소유하지 못했고, 난 팔렸지만
아직 주인의 손을 타지는 못했어.
새 옷을 받았지만 아직 못 입어 초조한,
축제 전날 밤의 어린아이처럼 오늘이
너무나 느리게 가는구나.

밧줄 사다리를 든 유모, 손을 꽉 움켜쥐며 등장.

아, 유모가 온다.
소식을 가지고 왔겠지. 로미오라는 이름을 말하면
누구라도 천상의 웅변가 같을 거야.
유모, 무슨 소식인가요? 어머, 그건 로미오가
챙겨 가라고 한 밧줄 사다리인가요?

유모 (밧줄 사다리를 내려놓으며) 네, 네, 그래요.

줄리엣 아 참, 소식은? 왜 그렇게 손을 꽉 움켜쥐고 있어요?

유모 아이고! 그분이 죽었어요, 죽었어, 죽었다고요!
우린 이제 끝났어요. 아가씨, 끝났어요.
하필 오늘, 떠났어요, 살해당했어요, 죽었어요!

줄리엣 하늘이 그렇게 잔인할 수가 있나요?

유모 하늘은
그럴 리 없지만 로미오는 있죠. 아, 로미오, 로미오,
로미오가 그럴 줄 누가 생각이나 했겠어요?

줄리엣 유모가 대체 뭔데 나를 이렇게 고통스럽게 해요?
이런 고통은 암울한 지옥에나 어울리는 거라고요.
로미오가 자살이라도 했어요? 〈네〉라고는 하지 말아요.
그 한마디에 한 번 보기만 해도 사람을 죽인다는
전설 속 뱀보다 더 많은 독이 들어 있으니.
그런 〈네〉가 존재하거나, 그이의 두 눈이 감겨
〈네〉라고 답한다면, 더는 내가 나 자신일 수 없어요.
그이가 죽었다면 〈네〉 하고, 아니면 〈아뇨〉 하세요.
그 짧은 말에 내 행복과 불행이 결정될 테니.

유모 상처를 봤어요. 내 눈으로 똑똑히 봤다고요.
하느님 맙소사, 그분의 사내다운 가슴팍에……
비참한 시신, 피투성이에, 비참한 시신……
창백했어요. 잿빛처럼 창백하고, 피투성이에,
온통 피가 엉겨 있고, 그걸 보고 난 기절했다니까요.

줄리엣 아, 부서져라, 파산한 불쌍한 심장아, 당장 터져라!
눈이여, 넌 감옥으로 가서 다시는 자유를 보지 말거라.
경멸스러운 육신이여, 움직임을 멈추고 흙으로 돌아가

무거운 관 속에 로미오와 함께 눕자.

유모 아, 티볼트, 티볼트, 최고의 친구였던 분!
예의 바른 티볼트, 명예로운 신사,
내 살아생전에 당신의 죽음을 볼 줄이야!

줄리엣 무슨 폭풍이 이번엔 정반대로 휘몰아치지?
로미오가 살해당하고 티볼트도 죽었나요?
사랑하는 사촌과 더 사랑하는 내 남편이?
그렇다면 무서운 나팔 소리여, 종말을 알려라.
두 사람이 없다면 누가 살아남을 수 있겠는가?

유모 티볼트는 죽었고 로미오는 추방당했어요.
로미오가 그분을 살해해서 추방됐다고요.

줄리엣 세상에나, 로미오가 티볼트의 피를 쏟게 했다고?

유모 그래요, 그렇다니까요. 불행히도, 그렇게 됐어요.

줄리엣 아, 꽃 같은 얼굴에 뱀의 마음이 숨어 있었다니!
그렇게 아름다운 동굴에 용이 자리하고 있었어?
아름다운 폭군, 천사 같은 악마!
비둘기 깃털을 단 까마귀, 늑대처럼 잔인한 양!
가장 신성한 모습을 한 혐오스러운 실체!
제대로 본 겉모습과는 완전히 반대에,
저주받은 성자, 명예로운 악당이었어.
아, 자연이여, 멋진 육신이라는
치명적 천국에 악마의 혼을 심어 놓고서
지옥에서 무엇을 하고 있었나요?
그토록 아름답게 제본된 책에

그토록 흉한 내용이 담겨 있었어? 아, 그토록
찬란한 궁전에 거짓이 머물고 있었다니!

유모 남자들에겐
신뢰, 믿음, 정직이 없어요. 다들 거짓말하고,
속이고, 사악하고, 본심을 감추죠.
아, 내 하인은 어디 갔어? 한잔하게 브랜디 가져와.
이런 비통함, 고통, 슬픔을 다 겪으니 내가 늙는구나.
로미오가 치욕을 당하길!

줄리엣 그런 악담을 하다니, 유모의
혓바닥에 물집이 잡히길! 그이는 태생적으로 치욕과
거리가 멀어요. 무안해서 그이 이마에 앉지 못하죠.
지상 유일한 군주인 명예가
자리할 왕좌니까요.
그런 분을 비난하다니, 내가 정신이 나갔었나 봐!

유모 아가씨 사촌을 죽인 사람을 칭찬하려고요?

줄리엣 날더러 내 남편 욕을 하라는 건가요?
아, 불쌍한 그이, 세 시간 전에 아내가 된 내가
당신 이름을 더럽혔는데, 그 누가 씻어 줄까?
나쁜 사람, 도대체 왜 내 사촌을 죽였나요?
안 그러면 나쁜 사촌이 당신을 죽였을 테죠.
어리석은 눈물이여, 원래 있던 샘으로 돌아가라!
네 눈물방울은 슬픈 일에 바치는 것인데,
잘못 알고 기쁜 일에 바치고 있구나.
티볼트는 죽었지만 내 남편은 살았으니.

내 남편을 죽이려 한 티볼트가 죽었어.
그러면 다행이야. 그런데 내가 왜 울지?
티볼트의 죽음보다 더 나쁜 말이 있는데,
그것 때문에 난 죽을 것 같아. 정말 잊고 싶어.
하지만 아, 죄인이 자신의 흉악한 죄를 기억하듯
그 말이 내 기억에 아로새겨졌구나.
〈티볼트는 죽었고 로미오는 추방당했어요.〉
〈추방〉이라는 말, 〈추방〉이라는 그 한마디가
만 명의 티볼트를 죽였어. 티볼트의 죽음으로
마무리되었어도 충분히 비통한 일인데.
심술궂은 비통함이 친구를 좋아해서
다른 슬픔들을 꼭 동반해야 했다면,
왜 유모가 〈티볼트는 죽었고〉라고 한 뒤 이어서
슬플 때 흔히 있는 경우처럼 〈아버지〉 혹은
〈어머니〉 혹은 〈두 분 모두〉라 하지 않았을까?
티볼트의 죽음에 이어진 말이
로미오의 추방이라니, 그 말 때문에
아버지, 어머니, 티볼트, 로미오, 줄리엣,
모두가 살해당했어. 모두 죽었어. 로미오가 추방됐다는
말이 불러일으키는 죽음엔 끝이나 규모나 한계가 없어서
어떤 말로도 그 비통함을 가늠할 수 없지.
유모, 아버지와 어머니는 어디 계세요?

유모 티볼트의 시신 앞에서 울며 슬퍼하고 계세요.
두 분께 가보시겠어요? 그리로 모셔다 드릴게요.

줄리엣 눈물로 티볼트의 상처를 씻고 계시는군요.
두 분의 눈물이 마르면, 로미오의 추방을 슬퍼하며
내가 울어야겠어요. 사다리 챙겨요. 불쌍한 사다리,
로미오가 추방됐으니 넌 속았구나. 너와 나 모두.
그이가 내 침실에 오르기 위해 너를 만들었는데,
처녀인 나는 처녀 과부로 죽겠구나.
사다리 이리 줘요, 유모. 내 신방으로 가서
로미오가 아닌 죽음과 초야를 치르겠어요!

유모 빨리 방으로 가요. 로미오를 찾아 아가씨를
위로하라고 할게요. 그분이 어디 있는지 알아요.
잘 들으세요. 로미오는 오늘 밤에 이리로 올 거예요.
그분께 갈게요. 로런스 신부님의 거처에 숨어 계세요.

줄리엣 아, 꼭 찾아요! 내 진실한 기사님께 이 반지를 주고,
마지막 작별 인사를 나누러 내게 오라고 하세요.

(각자 퇴장)

제3장

(로런스 신부의 거처)

로런스 신부 등장.

로런스 신부 로미오, 나오너라. 겁쟁이, 이리로 나와.
고통이 너를 너무 좋아하니

너는 재앙과 결혼했구나.

로미오 등장.

로미오 신부님, 어떻게 됐죠? 영주님의 판결은요?
제가 아직 모르는 어떤 슬픔이 다가와서
친구 삼으려 하나요?
로런스 신부 사랑하는 내 아들은
그런 심술궂은 것들과 너무 친하구나.
영주님의 최종 판결 소식을 가져왔다.
로미오 최종 판결이 제 죽음은 아니겠죠?
로런스 신부 한결 관대한 판결을 내리셨어.
육신의 죽음은 아니고, 육신의 추방이야.
로미오 아니, 추방이요? 차라리 자비롭게
〈죽음〉이라 하세요. 추방은 죽음보다
더 끔찍해요. 〈추방〉이란 말은 마세요.
로런스 신부 넌 이곳 베로나에서 추방된 거야.
견뎌 내라. 세상은 넓고 크단다.
로미오 베로나 바깥에 이 세상은 없어요.
연옥이자 고문이고, 지옥 그 자체죠.
그러니 추방은 이 세상에서의 추방이고,
이 세상에서의 추방은 죽음이죠. 추방은
〈죽음〉의 잘못된 표현이에요. 신부님은 죽음을
〈추방〉이라 하심으로써, 금도끼로 제 목을 자르고는

저를 죽이는 그 도끼질에 흐뭇해하시는 셈입니다.

로런스 신부 오, 대죄에, 무례한 배은망덕 보게!
우리 법에 따르면 네 잘못은 사형감이지만,
자비로운 영주님께서 네 편을 들어 법을 제쳐 두고
암울한 〈죽음〉이란 말을 추방으로 바꾸셨다.
이건 엄청난 자비인데 넌 몰라보는구나.

로미오 이건 고문이지 자비가 아니에요. 줄리엣이
살고 있는 여기가 천국이에요. 모든 고양이, 개,
작은 생쥐, 하찮은 미물들도
이곳 천국에 살며 줄리엣을 쳐다보는데,
로미오는 그럴 수 없잖아요. 시체에 붙는
파리들이 로미오보다 더 멀쩡하고
더 명예롭게, 더 절도를 지키며 살아요. 그것들은
줄리엣의 경이로운 하얀 손 위에 앉고,
순수한 처녀의 수줍음 때문인지
위아래가 맞닿는 것조차 죄라 여겨 늘 발그스레한
그 입술에서 불멸의 축복을 훔칠 수도 있죠.
하지만 로미오는 추방됐으니 그럴 수 없어요.
파리조차 할 수 있는데 저는 그걸 못하고 도망쳐야 해요.
파리들은 자유로운데 저는 추방자예요.
그런데도 추방이 죽음이 아니란 말입니까?
혼합해 만든 독약이나, 날카롭게 간 칼이나,
추하지 않게 갑작스러운 죽음을 맞게 할 다른 수단이 없어,
〈추방〉으로 절 죽이시나요? 추방이라니!

아, 신부님, 그건 저주받은 자들이 울부짖으며
지옥에서 하는 말이죠. 성직자에 고해 신부시고,
죄를 사해 주시고, 제 벗이라 자부하신
신부님께서 어떤 마음을 품었기에
〈추방〉이란 말로 저를 난도질하십니까?

로런스 신부 어리석고 얼빠진 녀석, 내 말을 더 들어 봐.

로미오 아, 신부님께서는 또 추방 얘기를 하시겠죠.

로런스 신부 그것으로부터 너를 보호해 줄 갑옷을 주마.
시련을 덜어 주는 감미로운 젖인 철학 말인데,
추방됐을지라도 너에게 위안이 될 거야.

로미오 또 〈추방〉이에요? 철학 따위는 집어치우세요!
철학이 줄리엣을 만들어 낼 수 없고
도시를 옮기거나 영주님의 판결을 뒤집지 못하면
아무 소용도 쓸모도 없어요. 이제 그만하세요.

로런스 신부 아, 이제 보니 미치면 듣는 귀가 없어지는구나.

로미오 현명한 이들은 보는 눈이 없는데 말해 뭐 하겠어요?

로런스 신부 네 처지에 대해 얘기하려는 거다.

로미오 느끼지 못하는 것에 대해 말할 수는 없어요.
신부님께서 저처럼 젊고, 줄리엣이 애인이고,
결혼한 지 한 시간 됐고, 티볼트를 죽였고,
사랑에 홀딱 빠졌는데 추방당했다면,
그때서야 신부님은 가타부타 말씀하실 수 있고,
머리를 쥐어뜯고, 저처럼 바닥을 구르며

(로미오가 바닥에 쓰러진다)

파지도 않은 무덤의 크기를 잴 수도 있겠죠.

(누군가 문을 두드린다)

로런스 신부 일어나, 누가 왔나 보다. 로미오, 숨도록 해라.

로미오 가슴앓이로 신음하며 내는 입김이 안개처럼
제가 눈에 띄지 않게 가려 주면 몰라도, 싫어요.

(다시 문을 두드린다)

로런스 신부 쉿, 또 두드리는군! 누구세요? 로미오, 일어나.
붙잡힐 거야. 어서 일어서. 잠깐만 기다리세요.

(또다시 문을 두드린다)

내 서재로 달려가. 곧 갑니다! 맙소사,
이 무슨 바보 같은 짓이야? (다시 문을 두드린다)
갑니다, 가요.
누가 이렇게 세게 두드립니까? 어디서, 무슨 일로 오셨죠?

유모 들어가서 용건을 말씀드리죠.
줄리엣 아가씨가 보내서 왔어요.

로런스 신부 (문을 열며) 그럼 어서 들어오세요.

유모 등장.

유모 아, 신부님. 아, 말씀해 주세요, 신부님,
우리 아가씨의 남편, 로미오는 어디 있나요?

로런스 신부 저기 바닥에, 자기 눈물에 취해 있습니다.

유모 오, 우리 아가씨도 저러고 있어요.
아가씨와 똑같네요! 고통스러운 마음의 일치군요.

애처롭게 곤경에 빠지다니! 아가씨도 저렇게 누워
엉엉 울며 눈물 흘리고, 눈물 흘리며 엉엉 울어요.
(로미오에게) 일어나요. 사내대장부라면 일어나세요.
우리 아가씨를 위해서라도 벌떡 일어서요.
왜 그렇게 끙끙 앓고 있어요?

로미오 (일어나며) 유모.

유모 네, 그래요, 죽으면 모두 끝이에요.

로미오 방금 줄리엣 얘기를 했죠? 어쩌고 있던가요?
저를 노련한 살인자라 생각하지 않던가요?
이제 갓 피어난 우리의 행복을
가까운 친척의 피로 망쳐 버렸으니.
어디에 있고, 어떻게 지내나요? 내 숨겨진
아내는 깨진 사랑에 대해 뭐라고 하던가요?

유모 아무 말도 안하고 그냥 울기만 하더니
침대에 쓰러졌다가, 다시 벌떡 일어났다가,
티볼트의 이름을 외치다가, 또 로미오를 부르고,
그러다 다시 쓰러지곤 해요.

로미오 무섭게 겨눈 총구에서
발사된 것인 양, 로미오란 이름이 아가씨를 죽였군요?
그 이름을 가진 자의 저주받은 손이 아가씨의
친척을 죽였듯. 아, 신부님, 말씀 좀 해주세요.
제 이름은 이 몸의 어느 사악한 부위에
살고 있나요? 말해 주세요. 이 끔찍한 거처를
부숴 버리겠어요.

(로미오가 단검으로 자신을 찌르려 하자 유모가 빼앗는다)

로런스 신부 절망에 빠진 그 손을 멈춰라.

그러고도 네가 사내냐? 겉모습만 사내구나.
눈물 흘리는 게 계집 같고, 날뛰는 행동이
분노를 제대로 다스리지 못하는 짐승 같구나.
사내 형상을 하고서 계집처럼 굴고
사람 형상을 하고서 짐승처럼 굴다니!
당혹스럽구나. 내 성직을 걸고 맹세컨대,
네가 이보다는 나은 성품을 가졌다고 생각했다.
넌 티볼트를 죽였지? 이제 스스로에게
그런 몹쓸 죄를 지어 너 자신을 죽이고,
너를 목숨같이 여기는 아내까지 죽이려고?
넌 왜 네 출생과 하늘과 땅에 악담을 하느냐?
출생, 하늘, 땅, 이 셋 모두가 합쳐져
네가 되었는데, 셋을 한꺼번에 잃겠다고?
쯧, 쯧, 쯧! 그건 네 용모, 사랑, 지혜를 욕되게 하는 짓이야.
마치 고리대금업자처럼 모든 게 풍족한데도
네 용모와 사랑과 지혜를 장식하는
참된 용도로는 전혀 쓰지 않으니 말이야.
사내대장부의 용맹함에서 멀어지면
네 귀한 용모는 밀랍 형상에 지나지 않아.
네 소중한 사랑의 맹세는 공허한 위증에 불과하고,
네가 아껴 주기로 맹세한 그 사랑을 죽이는 거야.
외양과 사랑을 장식하는 네 지혜도

둘 모두를 잘못 다스리면
서투른 군인의 화약통에 든 화약처럼
제 부주의로 불이 붙어 버리고
제 무기가 제 사지를 찢어 버리지.
자, 일어서라! 조금 전까지 죽고 못 살아 했던
너의 줄리엣이 살아 있으니, 네게 다행이지.
티볼트가 너를 죽일 수도 있었지만
네가 티볼트를 죽였으니, 네게 다행이지.
죽음을 경고했던 법이 네 친구가 되어
추방으로 바꿔 주니, 네게 다행이지.
축복이 겹겹이 네 등에 내려앉았고,
행복이 가장 멋진 모습으로 네게 구애하는데
너는 심술궂고 퉁명스러운 계집처럼
네 행운과 사랑에 짜증을 내는구나.
조심, 또 조심해라. 여차하면 비참히 죽게 돼.
자, 약속대로 네 연인에게 가봐.
방으로 올라가서 위로해 주어라. 그러나
야간 경비대가 서기 전에 떠나야
네가 지내게 될 만토바로 넘어갈 수 있어.
그사이 때를 봐서 둘의 결혼을 공표하고,
양가 친척들을 화해시키고, 영주님의
사면을 청해서 너를 다시 불러들일 거야.
비탄에 빠져 여기를 떠날 때보다
2백만 배는 더 즐겁게 돌아오도록 말이다.

유모는 먼저 가세요. 아가씨께 안부 전하고,
깊은 슬픔 때문에 그렇게 되긴 하겠지만
모든 집안사람들을 일찍 자게 만들라고 하세요.
로미오도 곧 갑니다.

유모 오, 세상에, 밤새도록 여기서 이런 좋은 말씀을
들을 수 있다면 좋겠네요! 정말 훌륭한 가르침이군요!
도련님, 곧 오신다고 아가씨께 전할게요.

로미오 그렇게 하세요. 나를 꾸짖을 준비도 하라고 해요.

(유모가 가려다가 다시 돌아선다)

유모 여기, 아가씨가 전해 드리라고 한 반지예요.
많이 지체되었으니 빨리 서두르세요. (유모 퇴장)

로미오 이 반지를 보니 기분이 정말 좋아지네요!

로런스 신부 그럼, 잘 가거라. 네 상황은 이렇다.
경비대가 서기 전이나 동틀 무렵에
변장을 하고 이곳을 빠져나가는 거야.
만토바에서 머물고 있어. 네 하인을 통해
이곳에서 일어나는 좋은 소식을
가끔씩 전해 주마. 네 손 좀 잡아 보자.
너무 늦었구나. 잘 가고, 좋은 밤 보내라.

로미오 더없는 기쁨이 저를 부르고 있지 않다면,
이렇게 급히 신부님과 헤어지게 되어
슬플 겁니다. 안녕히 계세요. (각자 퇴장)

제4장

(캐퓰렛의 집)

늙은 캐퓰렛, 그의 아내, 패리스 백작 등장.

캐퓰렛 갑자기 안 좋은 일이 터지는 바람에
딸아이를 설득할 시간이 없었습니다.
그 아이는 티볼트를 정말 좋아했고
저도 그랬죠. 하긴, 태어나면 죽기 마련인 것을.
너무 늦었군요. 아이는 오늘 안 내려올 겁니다.
정말이지, 백작님이 아니었으면 저도
한 시간 전에 잠자리에 들었을 겁니다.
패리스 이렇게 슬픈 때에는 혼사를 논할 경황이 없죠.
부인, 안녕히 주무세요. 따님께 안부 전해 주십시오.
캐퓰렛 부인 그럴게요. 아침 일찍 아이의 마음을 알아보죠.
너무 슬프다 보니 오늘 밤은 방에서 꼼짝을 않는군요.
(패리스가 떠나려는데 캐퓰렛이 다시 그를 부른다)
캐퓰렛 백작님, 제가 과감히 딸아이의 사랑을
약속드리겠습니다. 제 말이라면 무엇이든
복종할 겁니다. 아니, 그 이상이죠. 확실해요.
여보, 당신은 자기 전에 아이에게 한번 가봐요.
여기 있는 내 사위 패리스의 사랑을 알려 주고,
그 애에게 — 듣고 있소? — 다가오는 수요일에……
잠깐…… 오늘이 무슨 요일이더라?

패리스 월요일입니다.

캐풀렛 월요일이라, 하, 하! 그럼 수요일은 촉박하군.
목요일로 합시다. 목요일에 이 백작님과
결혼하게 될 거라고 아이에게 말해요.
준비되겠소? 이렇게 서둘러도 괜찮을지?
친구 한둘 불러 조촐하게 치릅시다.
티볼트가 죽은 지 얼마 안 됐는데
떠들썩하게 잔치를 벌이면, 친척인 고인에게
너무 무심하다 여겨질지도 모르니까.
그래서 친구 대여섯만 초대하고 끝낼까 하는데,
백작님은 목요일 어떻습니까?

패리스 어르신, 내일이 목요일이면 좋겠습니다.

캐풀렛 자, 이제 가보세요. 그럼 목요일로 합시다.
부인, 잠자리에 들기 전에 줄리엣에게 가서
혼인날에 대비해 준비를 하라고 해요.
백작님은 잘 가시고…… 이봐, 등불을
내 방으로 가져가! 아이고, 너무 늦어서
곧 이른 아침이 되겠군요. 안녕히 가세요.
(캐풀렛과 그의 부인은 한쪽으로, 패리스는 다른 쪽으로 퇴장)

제5장

(캐퓰렛의 집)

로미오와 줄리엣이 위쪽 창가에 등장.

줄리엣 가려고요? 날이 밝으려면 아직 멀었어요.
걱정하는 당신의 귀청을 뚫고 들려온 건
종달새가 아니라 나이팅게일 울음소리예요.
밤마다 저 석류나무 위에서 노래하죠.
정말로, 나이팅게일이었다니까요.

로미오 나이팅게일이 아니라, 아침의 전령인
종달새였어요. 봐요, 시샘하는 햇살이 저기
동쪽에서 흩어지는 구름을 수놓고 있잖아요.
밤의 촛불은 다 꺼지고, 유쾌한 낮이
안개 낀 산 정상에 발끝을 걸치고 있어요.
지금 가야 살 수 있고, 계속 있으면 죽어요.

줄리엣 저 빛은 햇살이 아니에요. 내가 알아요.
저건 태양이 내뱉은 유성이고, 오늘밤
당신의 횃불잡이가 되어 만토바로 가는
길을 밝혀 줄 거예요. 그러니 더 있다 가요.
지금 떠날 필요는 없어요.

로미오 그렇다면 난 붙잡혀 죽어도 좋아요.
당신이 그러길 원한다면 난 괜찮아요.
저 회색빛은 아침의 눈동자가 아니라

달의 여신의 이마가 희미하게 비친 것이고,
우리 머리 위에 높이 솟은 둥근 창공이 울리도록
노래하는 것은 종달새가 아니죠.
나도 지금 떠나지 않고 더 머물고 싶어요.
죽음이여, 어서 오라. 줄리엣이 그러길 원하니.
내 사랑, 어때요? 날이 밝지 않았으니 얘기나 나눠요.

줄리엣 아침이에요, 아침. 어서, 빨리 떠나요. 가세요.
듣기 싫은 불협화음에 불쾌한 고음을 질러 대며
음도 맞지 않게 노래하는 저것은 종달새랍니다.
종달새는 밤과 낮을 나눠 선율을 아름답게 변주한다는데,
그렇지 않아요. 우리를 나누려 하니까.
종달새와 징그러운 두꺼비는 눈을 바꾼 거라는데,
아, 목소리도 서로 바꿨으면 좋았을걸.
그 소리는 우리가 놀라서 껴안은 팔을 풀게 하고,
아침을 알려 당신을 여기에서 내쫓으니까.
아, 이제 가세요! 날이 점점 밝고 있어요.

로미오 날이 밝을수록 우리 슬픔은 더 짙어지는군요.

유모 급히 등장.

유모 아가씨.

줄리엣 유모.

유모 어머니께서 아가씨 방으로 오고 계세요.
날이 밝았으니 조심하고, 주의하세요. (퇴장)

줄리엣 그럼 창문이여, 아침은 들여보내고 내 사랑은 내보내라.

로미오 안녕, 잘 있어요! 키스 한 번 더 하고 내려갈게요.

(로미오가 밧줄 사다리를 타고 내려간다)

줄리엣 내 사랑, 내 낭군, 내 남편, 내 애인이여,
이렇게 가시나요? 매일, 매 시간 당신에게서
소식을 들어야겠어요. 1분이 여러 날 같겠죠.
아, 이렇게 헤아린다면, 나의 로미오를
다시 만날 때 난 늙어 버렸겠어요.

로미오 잘 있어요.
내 사랑, 기회가 있을 때마다
꼭 당신에게 소식을 전할게요.

줄리엣 아, 우리 다시 만날 수 있겠죠?

로미오 반드시 그럴 겁니다. 이 모든 슬픔은
우리가 다시 만났을 때 즐거운 얘깃거리가 될 거예요.

줄리엣 어머, 세상에나! 불길한 예감이 들어요.
당신이 그렇게 아래에 있는 모습을 보니
무덤 바닥에 누워 있는 죽은 사람 같아요.
내 눈이 흐릿하거나 당신 안색이 창백해서겠죠.

로미오 내 눈엔 당신도 그래 보이니 걱정 말아요.
목마른 슬픔은 우리의 피를 마시죠. 안녕, 안녕! (퇴장)

줄리엣 (밧줄 사다리를 끌어 올리고 울면서) 아, 운명아,
사람들은 널 변덕쟁이라 부르지. 네가 변덕스럽다면,
지조 높기로 유명한 그이를 어쩔 셈이야?

운명아, 변덕을 부려라. 그러면 그이를
오래 붙들고 있지 않고 빨리 돌려보내겠지.

캐풀렛 부인이 아래쪽에서 등장.

캐풀렛 부인 얘야, 일어났니?
줄리엣 누가 날 부르지? 아, 어머니구나.
아직도 안 주무셨나, 아니면 엄청 일찍 일어나셨나?
무슨 특별한 일이 있어 이리로 오시는 걸까?
(줄리엣이 발코니에서 내려온다)
캐풀렛 부인 줄리엣, 좀 어떠니?
줄리엣 어머니, 안 좋아요.
캐풀렛 부인 사촌이 죽었다고 계속 울고만 있을 거니?
아니, 눈물로 씻어 내 그 아이를 무덤에서 꺼내려고?
그렇게 한다 해도 살아 돌아오게 할 수는 없으니
그만해라. 적절한 슬픔은 큰 애정의 표시지만
너무 지나치면 지혜롭지 못하게 보이는 법이야.
줄리엣 너무 큰 상실이니 그냥 울게 해주세요
캐풀렛 부인 상실감을 느끼겠지만, 네가 울어 댄다고
그 친구가 아는 건 아니란다.
줄리엣 큰 상실을 느끼니
그 친구를 위해 울지 않을 수 없어요.
캐풀렛 부인 글쎄, 얘야, 넌 친구의 죽음 때문이 아니라
친구를 죽인 악당이 살아 있어 그렇게 우는 거겠지.

줄리엣 어머니, 무슨 악당이요?

캐풀렛 부인 로미오라는 악당 말이다.

줄리엣 (방백) 그이는 악당과는 거리가 한참 먼데.

주여, 그이를 용서하소서! 진정으로 그래요, 어머니.

그자처럼 제 마음을 아프게 하는 사람도 없어요.

캐풀렛 부인 역적 같은 살인자가 살아 있어서 그런 거야.

줄리엣 네, 어머니. 제 손이 닿지 않는 곳에 있어서요.

아니라면 사촌의 죽음에 대한 복수를 할 텐데.

캐풀렛 부인 넌 걱정 마라, 우리가 복수를 할 거야.

그러니 이제 그만 울어. 추방된 도망자가 지내는

만토바로 사람을 보내서

희귀한 독약을 그자에게 먹이고

티볼트와 저승길 동무가 되도록 할 거야.

그러면 너도 만족스럽겠지.

줄리엣 로미오의 모습을 직접 볼 때까지는

절대로 만족하지 못할 겁니다. 죽어 있는 모습을요…….

고통받은 사촌 때문에 제 마음이 이렇게 괴로운걸요.

어머니, 독약을 가져갈 사람을 구하시면

혼합하는 건 제가 하겠어요. 로미오가 마시면

바로 고요히 잠들게 할게요.

그자의 이름을 들으면 제 마음이

이리도 혐오스러운데, 그자에게 달려가

사촌을 살해한 그자의 몸에

사촌을 향한 제 사랑의 복수를 하지 못하다니!

캐풀렛 부인 방법을 찾아 보거라. 난 사람을 찾으마.
하지만 얘야, 지금은 기쁜 소식을 들려줄게.

줄리엣 힘든 시기에 기쁜 소식이 때맞춰 왔군요.
어머니, 그게 무엇인지 말씀해 주시겠어요?

캐풀렛 부인 음, 있잖니, 얘야, 네 아버지는 자상하셔.
네가 슬픔을 떨쳐 내도록, 얼마 안 남았지만,
좋은 날을 잡으셨단다. 너도 예상 못했겠지만
나도 전혀 생각지 못했어.

줄리엣 어머니, 다행이네요. 무슨 날이죠?

캐풀렛 부인 그래, 아가, 다가오는 목요일 오전에
용감하고, 젊고, 고귀한 신분의 신사
패리스 백작님이 성 베드로 성당에서
너를 행복한 신부로 만들어 줄 거야.

줄리엣 성 베드로 성당과 베드로에 맹세코,
그분은 저를 행복한 신부로 만들지 못할 거예요.
남편 될 분이 구애하러 오기도 전에
결혼해야 한다니, 너무 서두르셔서 놀랐어요.
어머니, 제발 그분과 아버지께 말해 주세요.
저는 아직 결혼하지 않을 거예요. 한다면,
패리스가 아니라 제가 미워한다고 알고 계신
로미오와 할래요. 이건 정말 황당한 소식이네요.

캐풀렛과 유모 등장.

캐풀렛 부인 아버지 오신다. 네가 직접 말씀드리고,
아버지께서 어떻게 받아들이시는지 잘 봐라.

캐풀렛 해가 지면 대지에 이슬이 내리는데,
내 조카의 숨이 지고 나니
비가 억수같이 내리는구나.
얘야, 샘물이 된 거니? 아직도 울어?
계속 쏟아부으려고? 네 가냘픈 몸에는
배와 바다와 바람이 한꺼번에 들어 있구나.
네 눈은 눈물로 밀물과 썰물을 이루니
바다라 불러도 되겠지. 네 몸은 배와 같아
이 짠 물결에서 항해하고 있고. 네 한숨은 바람 같아
눈물로 거칠어지고, 눈물은 한숨으로 거칠어져,
별안간 고요해지지 않으면
폭풍에 일렁이는 네 몸은 뒤집힐 거야.
그런데 여보, 우리 결정을 딸에게 전했소?

캐풀렛 부인 네, 그런데 감사하지만 안 하겠답니다.
저 바보 같은 것은 죽어 무덤과 결혼하길.

캐풀렛 잠깐, 여보, 무슨 말인지 알아듣게 말해 봐요.
아니, 안 한다고? 우리에게 고마워하지 않는다고?
뿌듯하지 않다고? 자기에게 과분한, 너무나
훌륭한 신사를 신랑감으로 짝지어 줬는데,
축복이라 여기지 않는다고?

줄리엣 뿌듯하진 않지만 감사한 마음은 있어요.
제가 싫은 것을 뿌듯해할 수는 없으나

사랑해서 그러신 것이니 싫어도 감사드립니다.

캐풀렛 뭐, 뭐, 뭐, 뭐라고? 이 무슨 궤변이냐?
〈뿌듯하고〉〈감사하고〉 그러다 〈감사하지 않고〉
다시 〈뿌듯하지 않아〉? 이 철딱서니 없는 것아,
고마움이나 뿌듯함 그딴 건 안 가져도 상관없지만
다가오는 목요일에 네 잘난 손발이라도 채비해서
패리스와 성 베드로 성당에 가야 한다. 안 그러면
반역자처럼 틀에 묶어 질질 끌고 거기로 갈 테니.
꺼져, 이 병든 시체 같은 것아! 꺼져 버려, 몹쓸 것아.
허연 꼬락서니하고는!

캐풀렛 부인 어머, 어머, 당신 미쳤어요?

줄리엣 (무릎을 꿇으며) 아버지, 이렇게 무릎 꿇고 부탁드리니,
참으시고 한 말씀만 드리게 해주세요.

캐풀렛 목매달고 죽어 버려, 몹쓸 것! 복종을 모르는 년!
내 분명히 말하는데, 목요일에 성당으로 가거라.
안 그러면 다시는 내 얼굴 볼 생각 하지 마라.
입 다물고, 대꾸도 하지 말고, 말대답도 마라.

(줄리엣이 일어선다)

손가락이 근질근질하구나. 여보, 하느님이 우리에게
아이를 하나만 주셔서 복이 없다고 생각했는데,
이제 보니 하나도 너무 많았고, 저주를 받아
이런 아이를 갖게 된 거요. 몹쓸 년,
어서 꺼져!

유모 하느님께서 아가씨를 굽어 살피시길!

그런 식으로 야단치시다니, 주인님, 잘못하셨어요.

캐풀렛 이런, 현자 마나님 납셨나? 잘난 척 말고,

입 닥치게. 저리 가서 수다꾼들과 조잘거리시지.

유모 제가 몹쓸 말 한 것도 아니잖아요.

캐풀렛 오, 그만!

유모 사람이 말도 못합니까?

캐풀렛 닥치라니까, 이 중얼대는 얼간아.

자네 지혜는 사발을 들이키며 수다꾼들과 나누라고.

여긴 필요 없으니까.

캐풀렛 부인 당신은 너무 심하게 화를 내는군요.

캐풀렛 정말이지, 너무 화가 나는군. 밤낮으로, 일하든 놀든,

혼자거나 누구와 함께 있거나, 항상 내 걱정은

저 아이의 결혼이었소. 상당한 재산에,

젊고, 고귀한 혈통에, 사람들이 말하듯

훌륭한 자질들을 모두 갖췄고,

누구나 꿈꾸는 잘생긴 외모를 가진

귀족 가문의 신사를 배필로 구해 주니, 이제

저 질질 짜는 멍청이가, 징징대는 얼간이가,

복이 굴러온 줄도 모르고 한다는 소리가

〈저는 결혼하지 않겠어요. 사랑할 수 없어요.

저는 너무 어려요. 제발 용서해 주세요〉라니!

그래, 결혼하지 않겠다면 용서해서 놔주마!

어디서 빌어먹든 맘대로 하되, 내 집은 안 돼.

신중히 잘 생각해라. 난 농담하는 사람이 아니니.

곧 목요일이야. 가슴에 손을 얹고, 내 말을 되새겨.
네가 내 딸이 맞으면 백작과 결혼시킬 거야.
아니라면, 목매달든, 구걸하든, 굶주려 길에서 죽든,
결단코 너를 아는 척하지 않을 것이고
내 재산은 단 한푼도 네게 주지 않겠다.
정말이니, 명심해라. 난 두말하지 않는다. (퇴장)

줄리엣 구름 위에서 제 슬픔의 바닥까지
보시는 분은 자비심도 없단 말인가요?
아, 사랑하는 어머니, 저를 내치지 마세요!
결혼을 한 달, 아니 한 주라도 늦춰 주세요.
못 해주시겠다면, 티볼트가 누워 있는
어두운 무덤 속에 제 신방을 만드세요.

캐풀렛 부인 한마디도 하기 싫으니 내게 말하지 마라.
네 맘대로 해. 더 이상 너와는 볼일 없으니. (퇴장)

줄리엣 아, 이럴 수가! 아, 유모, 이 일을 어떻게 막죠?
내 남편은 지상에 있고, 혼인 서약은 하늘에 있어요.
내 남편이 죽어 하늘로 가서 그 서약을 내게
내려 보내지 않는다면, 어떻게 그 서약이
무효가 되겠어요? 나 좀 위로하고, 조언해 주세요.
아, 세상에! 하늘도 무심하시지, 어찌 나처럼
연약한 사람에게 이런 장난을 치시는 걸까?
뭐라고 말 좀 해봐요! 즐거운 말 없어요?
위로의 말이라도, 유모.

유모 네, 그러죠.

로미오는 추방됐고, 천지개벽이 난다 해도
감히 돌아와 남편으로 나서지는 못할 거예요.
만약 돌아온다 해도 몰래 숨어서 와야겠죠.
그렇다면 상황이 지금과 같으니, 아가씨는
백작님과 결혼하는 것이 최선이라 생각해요.
아, 그분은 참 멋진 신사더군요!
그분에 비하면 로미오는 걸레짝이죠. 아가씨, 패리스는
독수리보다 더 푸르고, 더 생기 있고, 더 멋진 눈을 가졌어요.
저주가 내게 내린대도, 두 번째 혼인에서
아가씨는 더 행복해질 거예요. 첫 번째보다
훨씬 나으니까. 그렇지 않다 해도, 첫 번째는
죽었어요. 살아 있더라도 그분이 아가씨께
아무런 구실도 못하면 죽은 거나 다름없죠.

줄리엣 그게 유모의 마음에서 우러나온 말인가요?

유모 영혼에서도 우러나왔죠. 아니라면 둘 다 벼락 맞지.

줄리엣 아멘.

유모 뭐라고요?

줄리엣 음, 놀랄 만큼 큰 위로가 됐다는 말이에요.
들어가서 어머니께 말씀드리세요. 아버지를
노하게 한 죄를 고해하고 죄 사함을 받기 위해
로런스 신부님께 간다고요.

유모 네, 그럴게요. 참 잘 생각했어요. (퇴장)

줄리엣 망할 할망구! 아, 가장 사악한 악마!
저렇게 내가 혼인 맹세를 저버리길 바라는 것과

어느 누구보다 더 훌륭하다고 수천 번 칭찬하던
그 혀로 그이를 욕하는 것 중
어느 게 더 큰 죄일까? 조언자여, 이제 볼 일 없어!
이제부터 유모와 내 마음은 둘로 나눠졌어.
해결책을 알아보러 신부님께 가봐야겠어.
모든 게 실패하더라도 내게 자살할 힘은 있으니. (퇴장)

제4막

제1장

(로런스 신부의 거처)

로런스 신부와 패리스 백작 등장.

로런스 신부 목요일이라고요? 시간이 촉박하군요.

패리스 장인어른께서 그러길 바라십니다.
저도 그분이 서두르는 걸 굳이 말리고 싶지 않고요.

로런스 신부 아가씨의 마음을 모르겠다고 하셨죠?
험난한 여정이 되겠어요. 내키지가 않는군요.

패리스 티볼트의 죽음 때문에 너무 울기만 해서
사랑 얘기는 할 틈이 없었습니다. 눈물 고인
집에서는 비너스도 웃지 않는 법이죠.
이에 아가씨의 부친께서는 지나치게
슬픔에 빠져 있으면 위험하다 여기셨고,
홍수처럼 넘치는 아가씨의 눈물을 멈추려고

현명하게 저희 결혼을 서두르시는 겁니다.
혼자 있으면 슬픈 생각에만 빠지기 쉬운데,
곁에 누군가 있으면 안 그럴 수도 있으니까요.
왜 이렇게 서두르는지 이제 아셨을 겁니다.

로런스 신부 (방백) 왜 늦춰야 하는지 몰랐으면 좋겠군.

줄리엣 등장.

백작님, 아가씨께서 이리로 오시네요.

패리스 나의 아가씨, 나의 아내, 마침 잘 만났군요.

줄리엣 그럴지도 모르죠, 결혼을 하게 된다면.

패리스 목요일이면 〈그럴지도〉가 아닌 〈틀림없이〉가 되죠.

줄리엣 틀림없는 일이라면 그리 되겠지요.

로런스 신부 맞는 말이다.

패리스 이 신부님께 고해성사하러 오신 거죠?

줄리엣 대답하려면 당신께 먼저 고백해야 해요.

패리스 나를 사랑한다는 걸 이분께 부인하지 마세요.

줄리엣 그분을 사랑한다고 당신께 고백할게요.

패리스 나를 사랑한다는 고백도 틀림없이 하겠지요.

줄리엣 그렇게 한다면, 당신 앞에서보다는
등 뒤에서 하는 것이 더 가치 있을 거예요.

패리스 가엾게도, 눈물 때문에 얼굴이 많이 상했군요.

줄리엣 눈물 때문에 상하기 전에도 얼굴은
형편없었으니, 눈물 탓만은 아니에요.

패리스 눈물보다 더 얼굴을 욕되게 하는 말이군요.

줄리엣 사실이니 비방은 아니죠. 더구나
그 말은 내 얼굴에 대고 한 것이니까요.

패리스 당신 얼굴은 내 것인데 당신은 그것을 모욕했어요.

줄리엣 내 것이 아니니 그럴 수도 있겠네요.
신부님, 이제 시간 괜찮으세요?
아니면 저녁 미사 때 다시 올까요?

로런스 신부 슬픔에 잠긴 아가, 지금 시간이 된단다.
백작님, 저희 둘은 이만 실례를 해야겠습니다.

패리스 아차, 제가 고해성사를 방해했군요!
줄리엣, 목요일에 아침 일찍 깨워 드릴게요. (키스한다)
그때까지 잘 있고, 이 신성한 입맞춤을 간직해 둬요. (퇴장)

줄리엣 아, 문 닫으세요. 그런 다음 오셔서, 희망도
해결책도 도움도 없는 저와 함께 울어 주세요!

로런스 신부 줄리엣, 네가 얼마나 슬픈지 안다.
이 문제는 내 지혜로도 해결할 수 없구나.
넌 결혼식을 미룰 수 없게 되었고, 다가오는
목요일에 백작과 결혼해야 한다고 들었다.

줄리엣 막을 방법을 말해 주지 않으실 거면
들었다는 말씀은 하지 마세요, 신부님.
신부님의 지혜도 소용이 없다면
제 결심이 현명하다고 해주세요. (칼을 꺼낸다)
이 칼로 당장 해결할 테니까요.
하느님이 저와 로미오의 심장을 이어 주시고

신부님이 저희 손을 이어 주셨으니,
로미오의 손에 묶인 이 손이 다른 혼인 문서에
도장을 찍기 전에, 제 진실한 마음이 변해 배신하고
다른 남자에게로 향하기 전에, 이 손과 심장을 모두
끝장내 버릴래요. 그러니 신부님의 오랜 경험에서
나오는, 지금 당장 써먹을 조언을 해주세요.
그렇지 않으면 극단의 상황에 처한 저에게
이 무서운 칼이 신부님의 연륜과 학식으로도
명예로운 해결을 맺지 못한 문제를
어떻게 판가름 내주는지 잘 보세요.
지체 마시고 말씀하세요. 신부님의 말씀이
해결책이 아니라면 저는 죽겠습니다.

로런스 신부 멈춰라, 아가, 한 가닥 희망이 보인다.
그런데 우리가 막아야 하는 상황이 절박한 만큼
절박한 행동이 필요하단다.
패리스 백작과 결혼하느니
스스로 죽겠다는 의지가 강하다면,
너는 이 치욕을 혼쭐내 쫓아 버리기 위해
죽음과 유사한 행동도 할 수 있을 듯하구나.
치욕을 피하기 위해 죽음 자체와 마주하는 거야.
네가 한번 해보겠다면 해결책을 알려 주마.

줄리엣 패리스와의 결혼을 피할 수 있다면
어느 성벽 위에서라도 뛰어내리고, 도둑 소굴로
걸어 들어가거나, 뱀들이 우글거리는 곳에

있으라고 하셔도 좋아요. 으르렁거리는 곰과
함께 묶어 놓으시든지, 시체들의 덜컹대는 뼈와
썩어 문드러진 살과 아래턱 빠진 누런 해골로
가득한 묘지에 매일 밤 숨어 있어도 좋아요.
갓 만든 무덤 속에 들어가 그 안의
죽은 사람과 함께 숨어 있어도 상관없고요.
이런 일들은 듣기만 해도 몸서리쳤었지만
내 남편에 대한 지조를 지키며 살기 위해
두려움이나 망설임 없이 해낼 겁니다.

로런스 신부 그럼 보자, 집에 가서 기쁜 얼굴로
패리스와 결혼하겠다고 해라. 내일이 수요일이니
내일 밤은 반드시 혼자 잠들어야 한다.
유모가 네 방에서 함께 자면 안 돼.
이 약병을 가져가서, 잠자리에 들 때
온몸에 퍼지는 이 물약을 모두 마셔라.
그러면 곧 차갑고 나른한 기운이
모든 혈관을 타고 퍼지면서
맥박이 제대로 못 뛰고 멈춰 버리지.
온기도 숨결도 사라져 넌 죽은 사람으로 보일 거다.
장밋빛 네 입술과 볼은 창백한 잿빛으로 변하고,
죽음이 생의 마지막 날을 닫아 버리듯
네 두 눈의 창문도 닫혀 버리지.
움직일 힘을 빼앗긴 신체 각 부위는
뻣뻣하게 굳고 차가워져 죽은 듯 보이게 돼.

쪼그라든 시체 같은 이런 가사 상태를
마흔 시간하고도 두 시간 더 유지한 뒤
단잠에서 깨어나듯 눈을 뜨게 될 거다.
이렇게 되면, 목요일 아침에 백작이 너를
잠자리에서 깨우러 왔을 때 넌 죽은 상태야.
그러면 이 나라 풍습대로,
가장 좋은 옷을 입히고 뚜껑 없는 관에 넣어
너를 모든 캐풀렛 가문 사람들이
잠들어 있는 오래된 묘지로
옮겨 가겠지.
그러는 동안 네가 깨어날 때를 대비해
내 편지를 받은 로미오는 우리 계획을 알고
이리로 올 것이고, 그 아이와 난
네가 깨어나는 걸 지켜보고, 바로 그날 밤
로미오가 너를 만토바로 데려갈 거다.
변덕이나 여자의 두려움 때문에
실행할 용기가 꺾이지만 않는다면
이 방식으로 너는 치욕을 피할 수 있다.

줄리엣 얼른 주세요! 두려움 같은 건 말씀하실 필요 없어요.

로런스 신부 이제 가거라. 마음 강하게 먹고, 잘 해내라.
난 신속히 만토바로 신부님을 한 분 보내
네 남편에게 내 편지를 전하마.

줄리엣 사랑은 제게 힘을 주고, 힘은 일이 풀리도록
도움을 주겠지요. 안녕히 계세요, 신부님. (각자 퇴장)

제2장

(캐풀렛의 집)

늙은 캐풀렛, 그의 아내, 유모, 다른 하인 두세 명 등장.

캐풀렛 (종이를 건네며) 여기 적힌 대로 손님들을 초대해라.

(하인 한 명 퇴장)

(다른 하인에게) 솜씨 좋은 요리사 스무 명을 구해 오고.

하인 형편없는 자는 하나도 없을 겁니다. 자기 손가락을 쪽쪽 잘 빠는지 제가 시험해 볼 테니까요.

캐풀렛 그런 시험으로 어떻게 알지?

하인 쉽죠. 맛보기 위해 자기 손가락을 빨지 못하면 형편없는 요리사거든요. 그래서 자기 손가락을 빨지 못하는 자는 데려오지 않겠다는 겁니다.

캐풀렛 그럼 어서 가봐. (하인 퇴장)

이번 일은 준비 못한 게 많을 거야.

(유모에게) 그래, 딸아이는 로런스 신부님께 갔는가?

유모 네, 그렇습니다.

캐풀렛 그럼 신부님께서 잘 타일러 주시겠군.

고집불통에 못난 년 같으니라고.

줄리엣 등장.

유모 마침 고해성사하고 기쁜 얼굴로 돌아오는군요.

캐풀렛 (줄리엣에게) 이 고집쟁이야, 그래, 어딜 싸다니다 왔어?

줄리엣 아버지와 아버지의 명령에 불복종한 죄를
뉘우치고 오는 길입니다.
로런스 신부님께서 여기 이렇게 엎드려
아버지의 용서를 빌라고
하셨습니다. (무릎을 꿇으며) 제발, 용서해 주세요.
이제부터는 무조건 아버지 말에 복종하겠습니다.

캐풀렛 (유모에게) 백작에게 사람을 보내서 이 말을 전하게.
결혼식을 내일 아침으로 해야겠어.

줄리엣 로런스 신부님의 거처에서 젊은 백작님을 만나
정숙함을 벗어나지 않는 선에서
알맞은 사랑을 그분께 표시해 드렸습니다.

캐풀렛 그것 참 기쁘구나. 잘됐어. 일어서라.

(줄리엣이 일어선다)

아무렴, 그래야지. 백작을 만나야겠다.
(유모에게) 자, 빨리 가서 백작을 이리 모셔 오게.
하느님께 맹세코, 이 도시 전체가
이 성스러운 신부님의 덕을 보고 있구나.

줄리엣 유모, 내 방으로 함께 가서
내일 사용하기에 적당하다고 생각되는
필요한 장신구 고르는 것 좀 도와줄래요?

캐풀렛 부인 그건 목요일에 해도 된다. 시간은 충분해.

캐풀렛 유모, 아이와 함께 가게. 내일 식을 치를 테니.

(줄리엣과 유모 퇴장)

캐퓰렛 부인 준비가 부족하겠어요.

벌써 밤이 되었잖아요.

캐퓰렛 흠, 내가 분주히 움직이면

모두 잘될 거라 장담하오, 부인.

당신은 줄리엣에게 가서 치장하는 것을 도와요.

난 오늘 잠자리에 들지 않을 테니 신경 쓰지 말고.

이번 일만은 내가 안주인 역할을 할 거요. 이보게!

모두 가버렸군. 그럼, 패리스 백작에게 내가

직접 가서 내일 결혼을 준비하도록 일러야겠군.

이 고집불통 딸아이가 마음을 고쳐먹으니

내 마음이 정말로 가벼워졌소. (각자 퇴장)

제3장

(캐퓰렛의 집)

줄리엣과 유모 등장.

줄리엣 이 옷들이 제일 좋아요. 그런데 유모,

오늘 밤은 나 혼자 있게 해주세요.

힘들고 죄 많은 내 처지에

하늘이 미소 짓고 복을 내리게 하려면

유모도 알겠지만, 많은 기도가 필요해요.

캐풀렛 부인 등장.

캐풀렛 부인 어머, 얘야, 바쁘니? 내가 도와줄까?

줄리엣 아니에요, 어머니. 내일 식에 꼭 필요한
물건들을 모두 골라 챙겨 놨어요.
괜찮으시다면, 이제 저 혼자 있고 싶어요.
오늘 밤은 유모를 데려가 함께 보내세요.
이렇게 갑작스럽게 큰일을 치르느라
일손이 턱없이 부족할 테니까요.

캐풀렛 부인 잘 자거라.
너도 피곤할 테니 잠자리에 들고 푹 쉬어라.

줄리엣 잘 가요. (캐풀렛 부인과 유모 퇴장)
언제 다시 만날지는 하느님만 아시겠지.
희미한 차가운 두려움이 내 혈관을 타고 퍼져
생명의 온기를 꽁꽁 얼려 버리는 듯하구나.
두 분을 다시 불러 위로를 받아야겠어.
유모! 아니야, 지금 무슨 도움이 되겠어?
(줄리엣이 커튼을 걷자, 뒤로 침대가 보인다)
이 끔찍한 장면을 혼자 연기해야 하다니.
약병이 여기 있어. 약효가 없으면 어떡하지?
그러면 내일 오전에 결혼을 해야 하는 거야?
아냐, 아냐, 이 칼이 막아 줄 거야. 넌 거기 있어.
(칼을 내려놓는다)
나와 로미오를 이미 결혼시켰기 때문에

두 번째 결혼으로 불명예를 당하지 않도록
신부님께서 교묘히 나를 죽이려 만든
독약이면 어떡하지?
그럴까 봐 두려워. 아냐, 그럴 리는 없을 거야.
신부님은 늘 성스러운 분이셨으니.
내가 무덤 속에 누워 있다가
로미오가 나를 구하러 오는 시간보다 일찍
잠이 깨면 어쩌지? 그건 무서운 일이야.
고약한 묘실 입구로는 맑은 공기가
들어오지 않는데, 그러면 나의 로미오가
오기도 전에 숨이 막혀 죽는 게 아닐까?
살아 있더라도, 장소가 주는 공포와 함께
죽음과 밤에 대한 끔찍한 상상이 들 거야.
거기 오랜 저장소인 묘지 속은
수백 년 동안 작고한
모든 조상들의 뼈가 쌓여 있고,
갓 묻힌 피투성이 티볼트가
수의를 입은 채 썩어 가고 있고, 사람들 말로는,
밤늦은 시간에 귀신이 나온다는
그런 곳이 아닌가? 역겨운 냄새에다가,
사람처럼 생긴 맨드레이크라는 독초가
땅에서 뽑힐 때 나는 것과 같은 비명 소리에
어머나, 세상에, 너무 일찍 잠이 깨면 어쩌지?
맨드레이크의 비명을 사람이 들으면 미친다는데.

아, 혹시 내가 일찍 깨어나면, 소름끼치는
이 모든 공포에 휩싸여 미쳐 버리지 않을까?
그래서 미친 듯 조상들의 뼈로 장난을 치고,
수의를 벗겨 난도당한 티볼트를 꺼내고,
이런 광기에 빠져 어느 조상님의 뼈를 곤봉처럼 휘둘러
내 절망한 머리를 부숴 버리지 않을까?
아, 저기 봐! 사촌의 유령이
자신의 몸을 칼로 찌른 로미오를
찾아다니는 것 같아. 멈춰요, 티볼트, 멈추세요!
로미오, 로미오, 로미오! 이게 그 약이에요. 당신을 위해 마
실게요.

(줄리엣이 약을 마시고, 커튼 뒤의 침대 위로 쓰러진다)

제4장

(캐퓰렛의 집)

캐퓰렛의 아내와 유모 등장.

캐퓰렛 부인 유모, 이 열쇠를 가져가서 향신료를 더 꺼내 오게.
유모 제빵실에서는 대추야자와 모과가 필요하답니다.

늙은 캐퓰렛 등장.

캐풀렛 자, 어서, 어서, 서둘러! 두 번째 수탉이 울었소.
새벽종이 울렸으니 3시가 지났어.
앤젤리카,[31] 빵 좀 살펴봐요.
비용 걱정은 말고.

유모 저리 가세요, 부엌일에 참견 마시고.
가서 주무세요. 정말이지, 이렇게 밤을 새우다
내일 병나시겠어요.

캐풀렛 천만에, 그럴 일 없네. 전에는 이보다
사소한 일로도 밤샘을 했는데 끄떡없었다네.

캐풀렛 부인 당신이 한창때는 여자 꽁무니를 쫓아다녔지만
이제는 그런 밤샘 못하게 내가 지켜볼 거예요.

(캐풀렛 부인과 유모 퇴장)

캐풀렛 저런, 질투쟁이 좀 보게!

하인 서너 명이 쇠꼬챙이, 장작, 바구니를 들고 등장.

저기, 이봐, 그건 뭔가?

하인 1 요리사가 쓸 것들인데, 뭔지는 모르겠습니다.

캐풀렛 서두르게, 서둘러. (하인 1과 다른 한두 명의 하인 퇴장)
이봐, 더 잘 마른 장작 좀 가져와.
피터를 부르면 장작이 어디 있는지 알려 줄 거야.

하인 2 그런 일로 피터를 귀찮게 하지 않고도

31 캐풀렛 부인의 이름인지 유모의 이름인지, 그것도 아니면 다른 하인의 이름인지, 학자들 사이에 의견이 분분하다.

장작을 찾을 정도의 머리는 제게 있습니다. (하인 2 퇴장)

캐풀렛 말 한번 잘했다! 재미있는 녀석이야, 그 참!
머리에 장작개비가 들었나 보군. 이런, 날이 밝았어.
곧 백작이 악사들과 이리로 오겠군.
그렇게 하겠다고 말했으니. (음악이 연주된다)
소리가 들리는군.
유모! 여보! 이보게, 이봐, 유모, 여기!

유모 등장.

가서 줄리엣을 깨우고 단장을 해주게.
난 가서 패리스와 얘기를 나눌 테니.
자, 어서, 서두르게. 신랑이 벌써 도착했네.
빨리 서두르란 말이네. (퇴장)

유모 아가씨, 아가씨! 줄리엣! 깊이 잠드신 게 틀림없군.
이봐요, 어린 양, 이봐요, 아가씨! 이런 잠꾸러기 아가씨!
자, 아가, 이봐요, 아가씨, 귀염둥이, 어서, 새색시!
어쩜 한마디도 없지? 지금 한잠이라도 더 자둬요.
일주일쯤 자요. 장담컨대, 있다가 밤에
백작님이 작정하고 덤비면
쉴 겨를이 없을걸요. 이놈의 입방정!
용서하소서, 아멘. 너무 깊이 잠들었네!
내가 깨워야겠군. 아가씨, 아가씨, 아가씨!
아, 백작님이 아가씨 잠자리로 오시면 되겠어요.

그럼 깜짝 놀라 일어나겠죠, 안 그래요?

(유모가 침대 커튼을 열어젖힌다)

아니, 옷을 다 차려입고 다시 잠들었나?

깨워 줘야겠어. 아가씨, 아가씨, 아가씨!

아이고, 아이고! 도와주세요! 아가씨가 죽었어요!

아이고, 이럴 수가! 내가 왜 태어났담!

독한 술을 좀 가져와요! 주인어른! 마님!

캐풀렛 부인 등장.

캐풀렛 부인 여기 웬 소란이지?

유모 아, 애통한 날이에요!

캐풀렛 부인 무슨 일인가?

유모 여기 보세요. 아, 슬픈 날이에요!

캐풀렛 부인 아이고, 아이고, 내 유일한 삶의 낙인 아가!

어서 일어나. 눈 좀 떠봐. 아님 나도 같이 죽으련다.

도와줘요, 도와줘요. 사람 좀 불러 줘요!

캐풀렛 등장.

캐풀렛 면목 없게, 백작이 오셨는데 아이를 데려오지 않고 뭐 해요.

유모 아가씨가 돌아가셨어요. 죽었다고요. 아이고!

캐풀렛 부인 아이고, 우리 애가 죽었어요. 죽었어요!

캐풀렛 뭐! 내 눈으로 봐야겠소. 아이고, 세상에! 몸이 차갑네.
피가 멈췄고 사지는 뻣뻣하구나.
입술에서 생기가 사라진 지 오래되었고,
들판에서 가장 향기로운 꽃에 내린 서리처럼
죽음이 우리 애에게 내려앉았구나.
유모 아, 애통한 날이에요!
캐풀렛 부인 아, 비참한 시간이구나!
캐풀렛 죽음이 우리 애를 데려가 가슴이 미어져
혀가 굳고 말을 할 수가 없구나.

로런스 신부와 패리스가 악사들과 함께 등장.

로런스 신부 신부가 성당으로 갈 준비가 되었습니까?
캐풀렛 갈 준비는 되었지만 결코 돌아오진 못합니다.
(패리스에게) 이보게, 내 사위, 결혼식 전날 밤에 죽음이
자네 부인을 앗아 갔다네. 보게, 꽃 같던 애가
죽음이란 놈의 손에 꺾여 저기 누워 있네.
내 딸이 죽음과 결혼했으니, 이제 그놈이
내 사위이자 상속자네. 내가 죽으면 모두
물려줄 걸세. 목숨, 재산, 모든 게 그놈 차지야.
(갑자기 손을 움켜쥐며 울부짖는다)
패리스 오늘 아침을 맞이하길 손꼽아 기다렸는데,
내게 이런 광경을 보여 준단 말인가?
기만당하고, 이혼당하고, 모욕당하고, 상처입고,

살해당했구나! 가증스러운 죽음이여, 네게 속았구나!
잔인하기 짝이 없는 네게 완전히 당했구나.
오, 사랑이여, 생명이여! 생명이 없으니 죽은 사랑이구나.

캐풀렛 부인 저주받고 불행하고 비참하고 끔찍한 날이구나!
힘들게 무한한 순례를 하는 시간이 마주하게 될
가장 비참한 순간이 바로 지금일 것이다!
아, 유일한, 단 하나뿐인 불쌍하고 사랑스러운 아이,
나의 유일한 기쁨과 위안이던 아이를
잔인한 죽음이 내 눈앞에서 낚아채 버렸구나!

유모 아, 슬프구나! 아, 슬프고 또 슬픈 날이구나!
아, 비통한 날이구나! 내 살아생전에
이렇게 슬픈 날을 보게 될 줄이야!
아, 무슨 날이 이렇담! 아, 끔찍한 날!
평생 오늘처럼 암울한 날은 없었어.
아, 슬픈 날, 너무나 슬픈 날이구나!

캐풀렛 멸시에, 고통에, 미움에, 순교에, 살해까지 당하다니!
기쁨을 앗아 가는 시간이여, 왜 하필 지금 와서
우리 축제를 망치고 파괴하는 것이냐?
아, 내 아이, 내 영혼! 이제 내 아이가 아니구나!
아이고, 내 아이가 죽었다니! 아이가 죽었으니
내 사는 낙도 함께 사라져 버렸구나.

로런스 신부 진정들 하세요, 창피합니다. 이렇게 울며
야단 부린다고 혼란이 해결되지 않아요. 당신들과
하늘은 이 아름다운 아가씨를 절반씩 소유했는데

이제 하늘이 모두 차지했고, 아가씨에겐 더 잘됐어요.
부모의 몫은 죽음으로부터 지켜 낼 수 없지만
하늘은 영원한 삶을 통해 그 몫을 지킵니다.
당신들이 가장 바라던 게 딸의 신분 상승이고,
당신들의 천국은 딸이 높이 올라가는 것이었죠.
이제 구름보다 높이 올라 하늘에 닿았는데,
왜 이렇게들 울고 계십니까? 이러시는 건
자식이 잘된 모습을 보고 미쳐 날뛰는 꼴이며,
아주 잘못된 자식 사랑입니다. 여자에게는
결혼 생활을 오래 한다고 잘한 결혼이 아니라
갓 결혼해서 죽는 게 가장 잘한 결혼인지도 모르죠.
이제 눈물을 거두고 이 아름다운 시신에
로즈메리를 얹어 주고, 관례대로
가장 좋은 옷을 입혀 성당으로 데려가요.
우매한 본성에 따라 우리는 슬피 울지만
이성은 이런 눈물을 비웃는 법입니다.

캐풀렛 잔치에 쓰려 했던 모든 것들이
장례식용으로 바뀌는구나.
악기들은 우울한 조종으로 바뀌고,
결혼식 만찬은 슬픈 상갓집 술상이 되고,
결혼 축가는 애도의 장송곡으로 바뀌고,
신부의 부케 꽃은 매장되는 시신 위에 뿌려지고,
모든 것들이 정반대로 바뀌는구나.

로런스 신부 안으로 들어가시죠. 부인께서도 가세요.

패리스 백작님도 가시고. 모두들
이 아름다운 시신을 따라 묘지로 갈 준비를 하세요.
뭔가 당신들이 잘못해서 하늘이 노했으니
더는 높은 뜻을 거슬러 분노케 하지 마십시오.

(유모와 악사들만 남고, 모두 앞으로 나가면서
줄리엣에게 로즈메리를 던지고, 커튼을 친다)

악사 1 참, 우리도 악기를 챙겨 이만 떠납시다.

유모 착한 분들, 그래요. 짐 싸요, 짐 싸.
딱한 사정이 생겼다는 걸 잘 알 테니.

악사 1 그럼요. 사정이야 다 있고 나아지겠죠. (유모 퇴장)

피터 악사님들, 여봐요, 악사님들! 「마음의 평화」,[32] 「마음의 평화」, 날 살리고 싶다면 「마음의 평화」를 들려주시오.

악사 1 왜 「마음의 평화」를?

피터 내 마음이 스스로 「내 마음에 근심이 가득하네」를 연주하니까요. 아, 위안이 되는 유쾌하고도 슬픈 곡을 연주해 줘요.

악사 1 슬픈 곡은 안 돼요. 지금은 때가 아니니까.

피터 그럼 안 하겠다는 거요?

악사 1 못하오.

피터 그럼 내가 그것을 제대로 주겠소.

악사 1 당신이 우리에게 뭘 주겠다는 거요?

피터 결단코, 돈은 아니고, 조롱이지. 당신들을 떠돌이 악사

32 근대 초기의 인기곡으로, 가사는 기록으로 남아 있지 않고 멜로디만 전해진다.

나부랭이라고 조롱해 주겠어.

악사 1 그럼 내가 줄 조롱은 이거다. 종놈 나부랭이 주제에.

피터 (칼을 꺼내며) 그럼 난 당신 대가리에 종놈의 칼을 꽂아 주지. 난 당신들 장단에 맞추진 않을 거야. 당신들을 〈레〉 하고 〈파〉 하며 갈겨 줄 테다. 내 말 알아먹으려나?

악사 1 〈레〉 하고 〈파〉를 갈기면, 우리에게 음표 같은 표시가 생기겠지.

악사 2 제발, 당신 칼은 집어넣고 대신 재담이나 한번 꺼내 보시지.

피터 그럼 내 재담 한번 받아 봐. 강철 같은 재담으로 당신을 흠씬 패주고, 강철 칼은 치우지. 남자답게 받아쳐 봐.

(노래한다) 고통스러운 비통함이 가슴을 후비고
슬픈 우울함이 마음을 짓누르면
그때 은빛 소리의 음악이……

왜 〈은빛 소리〉지, 어째서 〈은빛 소리〉냐고! 거기 현악기 줄 양반, 당신 생각은 어때?

악사 1 당연히 은이 맑은 소리를 내니까 그렇지.

피터 헛소리! 거기 현악기 양반, 당신은 어때?

악사 2 악사들이 은화를 받고 연주해 주니 〈은빛 소리〉지.

피터 헛소리 추가요! 거기 현악기 버팀막대 양반, 당신은?

악사 3 정말이지, 난 뭔 말을 해야 할지 모르겠소.

피터 아차, 이거 미안하게 됐네. 당신들은 가수지. 내가 대신 말해 주지. 〈은빛 소리의 음악〉인 이유는 악사들은 음악을 해봤자 금화를 갖게 될 일이 없어서 그래.

(노래한다) 그때 은빛 소리의 음악이
빠르게 다가와 위안을 준다네. (퇴장)

악사 1 이런 염병할 놈 좀 보게!

악사 2 목매달아 죽일 놈! 자, 우리도 들어가서 조문객들을 기다렸다가 저녁 식사를 하세. (퇴장)

제5막

제1장

(만토바의 거리)

로미오 등장.

로미오 잠이 좋게 꾸며 내는 내용을 믿어도 된다면
내 꿈이 곧 즐거운 소식이 있을 거라 예언하는구나.
내 가슴의 군주인 사랑이 왕좌에 가뿐히 앉아 있어,
오늘 하루 종일 여느 때와 다른 기분이
즐거운 생각으로 나를 들뜨게 하는군.
꿈속에서 내 여인이 찾아와 죽어 있는 나를 보고
— 죽었는데 생각을 하다니 이상한 꿈이지만 —
키스로 내 입술에 생명을 불어넣어 주었고,
나는 다시 살아나 황제가 되었어.
아, 사랑을 꿈꾸는 것으로도 이렇게 즐거운데
사랑을 실제로 즐긴다면 얼마나 행복할까!

하인 발터자, 장화를 신은 채 등장.

베로나에서 소식이 왔군! 발터자, 어떻게 됐어?
신부님께서 보낸 편지는 안 가져왔어?
내 여인은 어떠시니? 아버지도 잘 지내시지?
다시 묻는데, 나의 줄리엣은 어떻게 지내?
그녀만 잘 있다면 아무 탈 없는 거지.

발터자 그럼 아가씨는 잘 계세요. 아무 탈 없이.
아가씨의 시신은 캐풀렛 가문 묘지에 있고,
불멸의 영혼은 천사들과 함께 살 테니까요.
아가씨가 가족 묘지에 안치되는 것을 보고
알려 드리기 위해 바로 파발마를 타고 왔어요.
아, 이런 나쁜 소식을 가져와서 죄송해요.
도련님이 제게 이런 임무를 맡기셨잖아요.

로미오 그렇게 됐다고? 별들아, 그럼 난 네게 맞서겠다.
내 숙소 알지? 잉크와 종이를 가져다주고,
파발마를 구해 와. 오늘 밤에 떠나야겠어.

발터자 도련님, 제발 좀 진정하세요.
얼굴이 창백하고 심상치 않은 게,
뭔가 불길합니다.

로미오 저런, 잘못 봤군.
어서 가서 내가 시킨 일을 해줘.
신부님께서 내게 보낸 편지는 없고?

발터자 없습니다, 도련님.

로미오 그럼 됐으니 가도록 해.

파발마 구해 오고. 곧장 뒤따라갈게. (발터자 퇴장)

줄리엣, 오늘 밤 당신 곁에 누울 거예요.

방법을 찾아보자. 아, 절망에 빠진 사람에게는

몹쓸 생각이 참 빨리도 파고드네!

이 근처에 사는 약제사가 기억나.

이마가 튀어나왔고, 누더기 옷을 걸친 채

약초를 선별하고 있는 걸

얼마 전에 봤어. 행색이 초췌하던데.

극심한 가난에 뼈만 남아 앙상했지.

형편없는 가게에는 거북이가 걸려 있고,

박제된 악어와 볼품없이 생긴

물고기의 껍질도 있었지. 선반에는

달랑 빈 상자 몇 개,

푸른색 흙 단지, 공기주머니, 곰팡이 핀 씨앗,

쓰다 남은 끈, 오래되어 덩이진 장미꽃이

구색을 갖추려고 흩어져 있었어.

이 지독한 빈곤을 보고서 내가 혼잣말을 했지.

〈만토바에서 독약을 팔면 즉각 사형을 당하지만,

여기 사는 이 불쌍한 가난뱅이는 독약이

필요한 사람이 있으면 팔지도 모르겠어.〉

필요하기도 전에 이 생각이 떠올랐고,

이 궁핍한 자는 그걸 내게 팔면 되겠군.

내 기억으로는 이 집이 틀림없는데.

휴일이라 가난뱅이 가게가 문을 닫았군.
이보시오, 약제사!

약제사 등장.

약제사 누군데 이리 크게 부르시오?

로미오 좀 나와 봐요. 보아하니 당신은 형편이 어렵군요.
(약제사에게 돈을 건넨다)
자, 금화 40두카트[33]예요. 온 혈관을 타고
금방 퍼져 고단한 삶에 지친 사람이
바로 죽고, 불붙은 화약이
파괴적인 대포에서 발사되어
빠르게 나올 때처럼 강하게
몸속의 숨결을 완전히 앗아 가는,
그런 효과 빠른 독약을 주세요.

약제사 그런 치명적인 독약이 내게 있긴 하지만,
그걸 팔면 누구든 만토바의 법에 따라 사형이오.

로미오 이렇게 헐벗고 비참함에 찌든 처지에
죽음이 두려워요? 굶주림이 당신 볼에 스며 있고,
궁핍과 고통이 당신 눈에 완연하고
멸시와 가난이 당신 등에 달라붙어 있는데.
이 세상도, 세상의 법도 당신 편이 아니며

33 40두카트는 상당히 큰 액수로, 셰익스피어의 「착오희극」에서는 등장인물이 다이아몬드 반지의 가치가 40두카트라고 주장하기도 한다.

이 세상 법으로는 당신이 부유해질 수 없어요.
그러니 가난하기보다는 법을 어기고 이걸 받아요.

약제사 내 의지가 아니라 내 가난이 받는 겁니다.

로미오 당신 의지가 아니라 당신 가난에 주는 거죠.

약제사 (독약을 건네며) 어떤 액체든 상관없이 이걸 타서
다 들이키면, 스무 남자의 힘이 있다 해도
곧바로 당신을 저세상으로 보낼 겁니다.

로미오 금화 받아요. 이건 인간의 영혼에 독약보다 해롭고,
이 혐오스러운 세상에서 당신이 팔지 않으려는
변변찮은 독약보다 더 많은 살인을 저지르죠.
독약을 판 건 나지, 당신이 아니에요.
잘 있어요. 음식을 사서 살 좀 찌워요. (약제사 퇴장)
자, 독약이 아닌 회복약이여, 줄리엣의 무덤으로
나와 함께 가자. 거기서 너를 마셔야 해. (퇴장)

제2장

(로런스 신부의 거처)

존 신부 한쪽 문으로 등장.

존 신부 성 프란체스코회 수도사님! 신부님, 안 계세요?

로런스 신부 다른 문으로 등장.

로런스 신부 이건 존 신부의 목소리가 틀림없어.
만토바에서 오느라 수고했네! 로미오는 뭐라던가?
그 애가 쓴 편지가 있으면 내게 주게.

존 신부 맨발 고행을 하는 우리 수도회 소속의 형제를
찾아갔었어요. 동행을 부탁하려고요.
마침 이 도시의 병자를
방문하는 길에 만났는데, 도시 검역관이
전염병이 돌았던 집에 있었던 것 아니냐고
의심해서 문을 폐쇄하고
우릴 못 나가게 하는 바람에
만토바로 가는 길이 그만 막혀 버렸어요.

로런스 신부 그럼 내 편지는 누가 로미오에게 전했는가?

존 신부 보내지 못했고, 여기 그대로 있어요.
전염을 워낙 두려워해서 이걸 신부님께
돌려보내 드릴 전령도 구할 수가 없었어요.

로런스 신부 참으로 운이 없구나! 수도회에 맹세컨대,
이것은 그냥 일상적인 내용이 아니라
아주 중요한 내용들이 가득한 편지일세.
잘못되면 큰 위험을 초래할지도 모른다네.
존 신부, 어서 가서 쇠 지렛대를 구해
곧장 내 거처로 가져다주게.

존 신부 네, 가져다드리죠. (퇴장)

로런스 신부 이제 혼자 묘지로 가야겠군.
세 시간 안에 줄리엣이 깨어날 거야.

이 일들을 로미오에게 알리지 못했으니
나를 무척이나 원망하겠구나. 그래도 다시
만토바로 편지를 보내서, 로미오가 올 때까지
아가씨를 내 거처에 데리고 있겠다고 해야겠어.
불쌍한 산송장, 죽은 자들의 무덤에 갇혀 있다니! (퇴장)

제3장

(캐풀렛 가문의 묘지)

패리스 백작과 시동이 꽃, 향수, 횃불을 들고 등장.

패리스 그 횃불을 내게 주고, 가서 멀찍이 떨어져 있어.
아냐, 눈에 띄고 싶지 않으니 횃불은 끄고.
(시동이 횃불을 끈다)
저기 있는 주목나무 밑에 엎드려 누워
귀를 움푹 꺼진 땅바닥에 가까이 대고 있어.
무덤을 파느라 땅이 파헤쳐져 단단하지 않아서
성당 묘지에 누가 발을 디디면 소리가 들릴 테니.
뭔가 다가오는 소리가 들리면
휘파람을 불어 내게 신호를 보내.
그 꽃은 내게 주고, 시킨 대로 해. 가봐.
시동 (방백) 이런 묘지에 혼자 있으려니
너무 무섭지만, 어쩔 수 없이 해야지 뭐.

(시동이 패리스 백작에게서 좀 떨어진 곳에 숨는다)

(패리스는 줄리엣의 무덤에 꽃을 흩뿌린다)

패리스 꽃 같은 그대여, 꽃을 그대 신방에 뿌립니다.

(향수를 뿌린다)

아, 슬프구나! 흙과 돌이 그대의 침대 드리개가
되어 버렸으니, 난 여기에 밤마다 향수를 뿌리리다.
향수가 없으면, 신음으로 증류한 눈물을
그대 무덤에 뿌리며 우는 것이 그댈 위해
밤마다 내가 치를 장례식이 될 겁니다.

(시동이 휘파람을 분다)

누군가 다가오고 있다고 시동이 알리는군.
이 밤에 누가 저주스러운 발걸음을 이리로 옮겨
내 장례식과 진정한 사랑의 의식을 방해하지?
아니, 횃불도? 어두운 밤이여, 잠시 나를 가려 다오.

(한쪽으로 비켜선다)

로미오와 발터자가 횃불, 곡괭이, 쇠 지렛대를 들고 등장.

로미오 그 곡괭이와 쇠 지렛대를 이리 줘.

자, 이 편지를 가져가서 아침 일찍
주인어른인 내 아버지께 전해 드려.
불 이리 주고. 그리고 네 목숨이 아깝거든,
뭘 듣고 뭘 보든 간에 멀찍이 물러나 있고
절대로 내가 하는 일을 방해하지 마.

내가 이 죽음의 침실에 내려가는 건
아가씨의 얼굴을 보려는 것도 있지만
주된 목적은 내가 중요한 용도로 사용할
귀중한 반지, 반지를 죽은 손가락에서
빼 오는 거야. 그러니 여기를 떠나.
혹시라도 미심쩍어서 내가 뭘 하려는지
엿보려고 돌아온다면, 하늘에 맹세코,
네 사지를 마디마디 찢은 다음
이 굶주린 성당 묘지에 뿌릴 거야.
지금 시간대가 그런 만큼 내 의지도
야만적으로 거칠고, 배고픈 호랑이나
포효하는 바다보다 더 사납고 무자비해.

발터자 저는 물러가서 방해하지 않을게요.

로미오 그렇게 하는 게 우정의 표시야. 이거 받아.

(하인에게 돈을 준다)

가서 잘살고. 잘 가, 착한 녀석.

발터자 (방백) 아무리 그래도 근처에 숨어 있어야겠어.
표정이 무섭고, 무슨 일을 저지를지 걱정돼.

(발터자가 로미오에게서 좀 떨어진 곳에 숨는다)

(로미오는 묘지 입구를 열기 시작한다)

로미오 너 혐오스러운 입이여, 죽음의 자궁이여,
너는 지상 최고의 진미를 집어삼켰구나.
네 썩은 아가리를 이렇게 억지로 벌려서
분풀이로 음식을 더 쑤셔 넣어 주마.

패리스 (방백) 추방당한 그 건방진 몬터규 놈이군.
저놈이 내 연인의 사촌을 죽였고, 그 슬픔으로
아름다운 내 연인이 죽게 된 거라던데.
이제 시신에까지 몹쓸 짓을 하러 오다니,
내가 놈을 체포해야겠다. (칼을 뽑는다)
악독한 몬터규야, 네 불경스러운 짓을 멈춰라.
죽인 것도 모자라 복수할 게 더 남았느냐?
죽어 마땅한 악당아, 너를 체포하겠다.
순순히 나를 따라 가자. 너는 죽어야 한다.
로미오 꼭 죽어야죠. 그래서 여기 온 겁니다.
젊은 신사여, 절망에 빠진 사람을 시험하지 말아요.
나를 건드리지 말고 도망가요. 여기 시체들을 생각해 봐요.
무서운 줄도 알아야지. 젊은이, 부탁인데,
내 화를 돋우어
또 죄를 짓게 하지 마세요.
그만 가요. 나는 나 자신을 해치러 왔으니,
맹세코 나 자신보다 당신을 더 사랑해요.
더 있지 말고 가요. 살아서 훗날, 미친 자의
자비 덕분에 당신이 도망쳤다고 말하세요.
패리스 네 부탁을 거절하고,
너를 흉악범으로 체포하겠다.
로미오 기어이 싸워 보겠다는 건가요? 자, 그럼 내 칼을 받아요.
(칼을 뽑은 두 사람이 싸운다)
시동 맙소사, 두 분이 싸우네! 경비대를 불러야겠어. (퇴장)

패리스 아, 난 이제 죽는구나! 네게 자비심이 있다면
나를 무덤 속 줄리엣 곁에 눕혀 다오.

로미오 꼭 그렇게 해주리다. (패리스가 죽는다)
누군지 얼굴 좀 보자.
머큐쇼의 친척인 고귀한 패리스 백작이구나!
제정신이 아니어서 우리가 말 타고 올 때
제대로 못 들었는데, 하인이 뭐라고 했더라?
패리스가 줄리엣과 결혼한다고 한 것 같아.
이렇게 말하지 않았나? 아니면 내가 꿈을 꿨었나?
아니면 녀석이 줄리엣 얘기를 하는 걸 듣고
내가 미쳐서 그렇게 생각한 건가? 불행의 장부에
나와 함께 이름이 적힌 이여, 손을 이리 줘요.
당신을 웅장한 무덤에 묻어 드리죠.
(로미오가 무덤을 열자 줄리엣이 보인다)
무덤이라고? 죽은 청년이여, 그게 아니라 등대지.
여기 줄리엣이 누워 있으니, 그 아름다움이
무덤 속을 축제일의 환한 접견실로 만드니까.
(패리스 시신을 무덤에 누인다)
죽음아, 곧 죽을 자가 널 묻으니 거기 누워 있어라.
사람은 종종 죽음의 순간에 기쁨을 느끼는데,
옆에서 지켜보는 이들은 죽기 전 쾌감이라 부른다지.
아, 내가 어찌 이 순간을 쾌감이라 부르겠어?
아, 내 사랑, 내 아내! 달콤한 그대의 숨결을
빨아들인 죽음도 그대의 아름다움에는

아직 그 힘을 쓰지 못했군요.
당신은 정복되지 않았네요. 미의 깃발이
그대 입술과 볼에 붉은 빛으로 꽂혀 있고,
창백한 죽음의 깃발은 거기에 닿지 못했어요.
티볼트, 핏빛 수의를 입고 거기 누워 있나?
너의 청춘을 반 토막 낸 바로 이 손으로
너의 원수인 내 청춘을 베어 버리는 것보다
더 큰 호의를 네게 베풀 길이 있을까?
날 용서해 줘, 사촌. 아, 사랑하는 줄리엣,
그대는 왜 이렇게 여전히 아름다운가요?
저 실체 없는 죽음이 사랑에 빠져, 저 깡마른
혐오스러운 괴물이 그대를 자신의 애인 삼으려
이 어둠 속에 붙잡아 두고 있는 걸까요?
그럴까 두려우니, 내가 항상 그대 곁에 머물며
이 어두운 밤의 침대를 결코
떠나지 않겠어요. 난 여기, 이곳에서
그대의 침실 시녀인 구더기들과 있을게요. 아,
이곳을 영원한 내 안식처로 삼아
세상에 지친 이 몸에서 불길한 별들의 속박을 떨쳐 낼게요.
두 눈아, 마지막으로 봐두어라.
팔들아, 네 마지막 포옹을 해라.
아, 숨결이 드나드는 입술아, 제대로 된 입맞춤으로
뭐든 삼키는 죽음과 영원한 계약을 맺어라.

(줄리엣에게 키스한 뒤 독약을 잔에 따른다)

오거라, 쓰디쓴 길잡이, 불쾌한 안내자여!
절망에 빠진 뱃사공아, 멀미와 바다에 지친
네 배를 기세 좋은 바위에 당장 부딪쳐라!
내 사랑을 위해 건배! (독약을 마신다)
아, 정직한 약제사,
약효가 빠르구나! 이렇게 입 맞추며 나는 죽는구나.
(줄리엣에게 키스하고 쓰러져 죽는다)

로런스 신부가 등불, 쇠 지렛대, 삽을 들고 등장.

로런스 신부 성 프란체스코여, 도와주소서! 무덤에 걸려
이 늙은 발이 몇 번이나 넘어졌는지? 거기 누구요?
발터자 같은 편, 친구예요. 신부님을 잘 압니다.
로런스 신부 축복이 내리길! 이보게, 좋은 친구,
저기 부질없이 구더기들과 눈 없는 해골들을
비춰 주고 있는 건 무슨 횃불인지 아시오? 내 눈엔
캐풀렛 가문의 묘지에서 타오르는 것 같은데.
발터자 맞습니다, 신부님. 저기에 신부님께서 아끼는
제 주인이 계세요.
로런스 신부 누구 말인가?
발터자 로미오입니다.
로런스 신부 저기에 얼마나 있었나?
발터자 꼬박 30분은 됐죠.
로런스 신부 나와 함께 묘지로 가지.

발터자 전 못 갑니다.
도련님은 제가 여길 떠난 줄 알고 계시고,
도련님이 하려는 걸 보려고 남아 있으면
죽여 버리겠다고 무섭게 위협했어요.

로런스 신부 그럼 혼자 갈 테니 여기 있게. 두렵구나.
아, 뭔가 불행한 일이 일어났을까 몹시 불안하구나.

발터자 제가 여기 주목나무 아래서 잠들었을 때
꿈을 꿨는데, 도련님이 다른 사람과 싸우다
그분을 죽이셨어요.

로런스 신부 로미오!
(허리를 굽히자 바닥에 피와 칼들이 보인다)
아이고, 이런, 묘지의 돌문에 묻어 있는
이 피는 뭐지? 이 안식의 장소에 빛바랜 채
주인도 없이 놓여 있는 피투성이 칼들은
다 뭐란 말인가? 로미오! 아, 창백하구나!
또 누구지? 패리스도? 피로 흥건하구나.
아, 참으로 몰인정한 시간이여,
네가 이렇게 비통한 짓을 저질렀구나!
(줄리엣이 깨어나 몸을 일으킨다)
아가씨가 깨어났구나.

줄리엣 아, 위안을 주시는 신부님, 제 남편은
어디 있나요? 있기로 한 곳을 잘 기억해서
저는 이렇게 여기 있는데, 로미오는 어디 있죠?

로런스 신부 무슨 소리가 들린다. 이 죽음과

오염과 부자연스러운 잠의 둥지에서 나가자꾸나.
우리가 맞설 수 없는 어떤 큰 힘이
우리가 의도했던 것을 좌절시켰단다.
자, 가자. 너의 남편은 죽은 채 네 품에 누워 있어.
패리스도 죽었고. 가자, 성스러운 수녀님들의
수도회에 너를 부탁하마. 경비대가 오니
이유를 묻고 답할 겨를이 없다. 어서,
가자, 착한 줄리엣. 더 이상 지체할 수 없어. (퇴장)

줄리엣 가세요. 저는 여기 있을 테니 혼자 가세요.
이게 뭐지? 진정 사랑하는 내 님이 손에 쥔 잔인가?
아, 내 님이 독약으로 때 이른 끝을 맞이했구나.
어머, 구두쇠! 전부 마셔 버렸네. 뒤따라갈 때
마시도록 친절히 몇 방울 남겨 두지 않고.
당신 입술에 키스할게요. 혹시 아직 독이 조금
묻어 있을지 모르니, 그 약효로 죽어야겠어요.
당신 입술이 따뜻하네요.

경비대장 얘야, 앞장서라. 어느 쪽이야?

줄리엣 어, 누가 오나? 그럼 빨리 끝내자.
(로미오의 단검을 집어 든다)
아, 행복한 단검아,
여기가 네 칼집이다! 거기서 녹슬고, 날 죽게 해줘.
(자신을 찌르고 쓰러져 죽는다)

시동과 경비대 등장.

시동 바로 여깁니다. 횃불이 타오르던 곳이요.

경비대장 땅바닥에 피가 흥건하군. 묘지 주변을 수색해라.
너희 몇 명이 가봐. 눈에 띄는 자는 모조리 체포하고.

(몇몇 경비대원들 퇴장)

비참한 광경이구나! 백작이 살해당해 여기
쓰러져 있고, 이틀 전에 여기 묻힌 줄리엣은
방금 죽은 듯 피를 흘리고 온기도 있구나.
영주님께 알려라. 캐풀렛 집에도 달려가고,
몬터규 사람들도 깨워라. 다른 사람은 수색하고.

(다른 경비대원들 각각 퇴장)

어디서 비참한 일이 일어났는지는 알지만
어쩌다 이 비참한 일들이 일어났는지는
정확한 설명을 들어야만 알 수 있겠구나.

경비대원 몇 명과 발터자 등장.

경비대원 2 이자는 로미오의 하인인데, 묘지에서 발견했습니다.

경비대장 영주님이 오실 때까지 단단히 붙잡아 둬라.

다른 경비대원이 로런스 신부를 데리고 등장.

경비대원 2 이 신부님을 붙잡았는데, 벌벌 떨고
한숨지으며 울고 있었습니다. 묘지의 이쪽 편에서

오고 있길래 이 곡괭이와 삽을 빼앗았습니다.

경비대장 상당히 수상하군. 신부도 붙잡아 둬라.

영주가 다른 사람들과 등장.

영주 아침 일찍부터 무슨 재난이 일어났기에
이리 불러 새벽의 안식을 방해하느냐?

캐풀렛과 그의 아내 등장.

캐풀렛 무슨 일로 이렇게 온통 비명 소리가 나는 거요?

캐풀렛 부인 거리에서 사람들이 〈로미오〉를 외치고,
몇몇은 〈줄리엣〉을, 다른 몇몇은 〈패리스〉를 외치더니
모두들 입을 벌려 소리 지르며 우리 묘지로 달려오고 있어요.

영주 무슨 끔찍한 일이기에 무서운 비명이 들려오는 것이냐?

경비대장 영주님, 여기 패리스 백작이 죽어 쓰러져 있고,
로미오도 죽었으며, 앞서 이미 죽었던 줄리엣은
온기가 있고, 조금 전에 다시 죽었습니다.

영주 수색하고 조사해서 사악한 살인의 원인을 알아내라.

경비대장 신부와 살해된 로미오의 하인이 여기 있는데,
죽은 이들의 무덤을 열기에 적합한
도구들을 가지고 있었습니다.

캐풀렛 아, 맙소사! 아, 부인, 딸애가 피 흘리는 것 좀 봐요!
이 단검은 뭔가 잘못되어, 원래 있어야 할

몬터규 놈의 등 뒤 칼집을 비워 두고
내 딸애의 가슴에 잘못 꽂혀 있소.
캐풀렛 부인 아이고, 이 죽음의 광경은 늙은 나에게
무덤으로 들어갈 때라고 알리는 조종 같구나.

늙은 몬터규 등장.

영주 몬터규, 어서 오시오. 이렇게 일찍 일어나서
아들이자 상속자가 더 일찍 져버린 것을 보게 됐구려.
몬터규 아이고, 영주님, 아내가 간밤에 죽었습니다.
아들의 추방을 너무 슬퍼하다 숨이 끊어졌습니다.
이 늙은이에게 무슨 더 큰 불행이 생기겠습니까?
영주 직접 보면 알게 될 거요.
몬터규 (로미오의 시신을 보며) 아, 불효막심한 놈! 애비를
밀어내고 먼저 무덤으로 가다니, 이게 무슨 짓이냐?
영주 모호한 점들을 명확히 풀고, 이 사태의
원인과 발단과 과정을 알아낼 때까지는
그 분노의 울부짖음을 잠시 멈추시오.
그러면 내가 이 불행한 사태를 수습하고
누군가는 사형에 처해지기도 할 것이오.
그때까진 참고 인내하며 불운을 견뎌 내시오.
미심쩍은 자들을 이리로 데려오너라.
로런스 신부 할 수 있는 건 없었지만, 제가 가장 큰
의심을 받는군요. 이 참혹한 살인이 일어난

때와 장소가 제게 불리하니까요.
저는 스스로를 벌하는 동시에 죄를 벗고, 스스로를
기소하는 동시에 변호하고자 이 자리에 섰습니다.

영주 그럼 이 사건에 대해 아는 바를 당장 말하시오.

로런스 신부 짧게 말씀드리겠습니다. 제가 숨 쉴 날이
지루하게 이야기할 만큼 길지 않으니까요.
저기 죽은 로미오는 줄리엣의 남편이고
저기 죽은 줄리엣은 로미오의 지조 있는 아내로,
제가 둘을 결혼시켰습니다. 둘의 비밀 결혼식 날,
하필 티볼트가 때 이르게 죽임을 당하면서
이제 막 결혼한 신랑은 이 도시에서 추방됐죠.
줄리엣은 티볼트가 아닌 남편 때문에
무척 괴로워했습니다. 캐풀렛 당신은 딸을
휩싸고 있는 슬픔을 없애고자 패리스 백작과
약혼시키고 억지로 결혼시키려 했죠. 그러자
줄리엣이 크게 동요한 얼굴로 저를 찾아와,
이 두 번째 결혼을 피할 방법을 찾아 주든지
아니면 제 거처에서 자살하겠다고 했습니다.
그래서 제가 익힌 약에 대한 지식으로
그 아이에게 잠자는 약을 만들어 줬고,
약은 제가 의도한 효력을 발휘해서
그 아이를 죽은 듯 보이게 했습니다.
그사이 저는 로미오에게 편지를 써서
잠시 빌린 무덤에서 줄리엣을 꺼내 주러

이 무서운 밤에 여기로 오라 했습니다.
약효가 끝나는 시간이니까요. 그런데
제 편지를 가져간 존 신부가 어쩌다가
발이 묶였고, 어젯밤에 편지를 도로 가져왔어요.
그래서 그 아이가 깨어날 시간에 저 혼자
가족 묘지에서 꺼내 주기 위해 왔습니다.
아이를 제 거처에 숨겨 두고 있다가
때를 봐서 로미오에게 보낼 작정이었습니다.
그러나 아이가 깨어나기 몇 분 전에 왔을 때
고귀한 패리스와 진실한 로미오가 여기에
때 이른 죽음을 맞고 쓰러져 있었습니다.
줄리엣은 깨어났고, 저는 여길 나가 하늘이 하신 일을
인내심으로 견디자고 간절히 애원했죠.
그때 밖에서 소리가 나서 저는 두려움에
무덤에서 나갔습니다. 하지만 크게 절망한
그 아이는 나가지 않겠다고 고집을 부리더니
자신에게 몹쓸 짓을 한 듯합니다. 이게 제가 아는
전부이고, 결혼에 대해서는 유모도 잘 압니다.
이 일에 있어 제 과오로 잘못된 게 있다면
제명을 다하기 전에 늙은 제 목숨을
엄중한 법의 심판에 따라 거두십시오.

영주 당신을 항상 성스러운 분으로 알고 있었소.
로미오의 하인은 어디 있느냐? 그자의 해명은 무엇인가?

발터자 아가씨의 사망 소식을 전하자 도련님은

급히 만토바에서 바로 이곳, 이 묘지로 왔습니다.
그 전에 제게 이 편지를 부친께 전하라 시키셨고,
도련님은 무덤 안으로 들어가면서
자길 혼자 내버려 두고 떠나지 않으면
저를 죽여 버리겠다고 위협했습니다.

영주 편지를 이리 다오. 내가 읽어 보겠다.

(발터자에게서 편지를 받아 든다)

경비대를 부른 백작의 시동은 어디 있느냐?
그래 네 주인은 여기에 왜 온 것이냐?

시동 아가씨 무덤에 뿌릴 꽃을 가지고 오셨고,
멀리 떨어져 있으라 하셔서 그렇게 했습니다.
곧 누가 불을 들고 와서는 무덤을 열려 하자
주인님은 그자에게 칼을 뽑아 들었고,
이에 저는 경비대를 부르러 달려갔습니다.

영주 이 편지를 보니 둘이 맺은 사랑의 여정,
줄리엣의 사망 소식 등 신부님 말이 맞구나.
그리고 가난한 약제사에게서 독약을 구입했고,
그걸 가지고 이 무덤으로 와서 목숨을 끊어
줄리엣 곁에 눕겠다고 이 편지에 썼구나.
양쪽 원수들은 어디 있는가? 캐풀렛, 몬터규,
당신들 증오에 어떤 천벌이 내려졌는지 보시오.
하늘이 당신들 기쁨을 사랑으로 죽일 방법을 찾은 거요.
그리고 당신들의 불화에 눈감은 대가로 나 역시
친척 둘을 잃었소. 모두 벌을 받은 셈이오.

캐풀렛 아, 몬터규 사돈, 손을 좀 줘보시오.
이 악수가 내 딸이 받을 과부 재산인 셈이오.
더 이상은 요구 못하니까요.

몬터규 하지만 난 더 드리겠소.
순금으로 된 줄리엣의 동상을 세워
베로나라는 도시가 존재하는 한
진실하고 지조 있는 줄리엣보다
더 높이 칭송받는 인물이 없게 하겠소.

캐풀렛 같은 가치를 지닌 로미오의 동상을 부인 옆에
세우겠소. 우리 반목의 불쌍한 희생자들이지요.

영주 오늘 아침에 우울한 평화가 찾아왔소.
슬픔으로 태양마저 얼굴을 내밀지 않으려 하니,
가서 이 슬픈 일에 대한 얘기를 더 나눕시다.
몇몇은 용서받고 몇몇은 처벌을 받을 것이오.
이 줄리엣과 로미오의 이야기보다
더 슬픈 이야기는 결코 없었소. (퇴장)

역자 해설

격정적 사랑에 녹여 낸 아름다운 언어의 향연

세계 문학사에서 가장 순수하고 격정적이며 비극적인 사랑을 다룬 작품 중 하나인 「로미오와 줄리엣」은 셰익스피어의 극작 경력 초기인 1595년 무렵에 집필되었다. 셰익스피어는 생전에 극작품을 출간한 적이 없고 특정 작품의 집필 시기에 대한 명확한 기록도 없기 때문에 그의 극작품들은 창작 연대가 불명확하지만, 학자들은 작품에서 사용된 문체나 기법, 어휘나 표현, 작품에 언급된 당시 사건이나 행사, 당대 공연 기록 등을 근거로 창작 연대를 추정한다. 「로미오와 줄리엣」과 거의 같은 시기에 창작된 극작품은 「한여름 밤의 꿈」이다. 「로미오와 줄리엣」은 젊은 연인의 죽음으로 끝나는 비극이고 「한여름 밤의 꿈」은 갈등을 겪던 두 쌍의 젊은 연인들이 사랑의 결실을 맺는 유쾌한 낭만 희극이라는 점에서 큰 차이가 있지만, 두 작품에는 유사한 비극적 사랑 이야기가 등장한다.

「한여름 밤의 꿈」에는 티스베와 그녀의 연인 피라모스의 사랑 이야기가 극중극의 형태로 묘사된다(「로미오와 줄리엣」

2막 3장에서 머큐쇼는 로미오가 짝사랑하는 여성을 티스베와 비교하며 언급하기도 한다). 도시국가 아테네의 길드 직공들이 통치자인 시시어스의 결혼식 축하연으로 준비한 피라모스와 티스베의 사랑 이야기는 대강의 플롯이 「로미오와 줄리엣」과 동일하다. 두 이야기에서 모두 원수 가문 출신의 남녀는 사랑에 빠지고 그들은 위태롭게 사랑을 이어 가지만, 어느 날 여자가 죽은 것으로 착각한 남자가 먼저 자살을 하고, 죽은 연인을 발견한 여자도 따라서 자살한다.

이렇듯 「로미오와 줄리엣」은 아우구스투스 황제 시대의 작가 오비디우스의 『변신 이야기』에 등장하는 피라모스와 티스베 이야기와 유사하지만, 직접적인 출처는 따로 있다. 1562년에 출간된 영국 작가 아서 브룩Arthur Brooke의 『로미우스와 줄리엣의 비극적 이야기*Tragical History of Romeus and Juliet*』가 그것이다. 로미오와 줄리엣 이야기는 15세기 이탈리아에서 짧은 이야기 모음집들에 처음 등장해 16세기 이탈리아에서 좀 더 긴 서사를 가진 노벨라로 정리되면서 큰 인기를 끌어 각국에 번역되었고, 프랑스어 번역본을 다시 영어 장편 설화 시로 번안한 판본이 브룩의 작품이다.

셰익스피어는 주요 플롯에 있어 브룩의 이야기를 따르지만 많은 부분을 변주하고 창작했다. 9개월에 걸친 시간적 배경을 단 5일로 압축했고, 머큐쇼와 유모라는 독창적이고 매력적인 인물을 만들어 냈으며, 16세이던 줄리엣을 곧 14세가 되는 어린 소녀로 바꾸었다. 브룩은 불운한 연인이 어떻게 불손한 욕망에 이끌려 불행한 죽음을 맞이하는지를 보여 주는, 도덕적이고 교훈적인 측면을 강조한다. 그래서 브룩의 작품은 마지막 20행에 걸쳐 처벌에 관한 상세한 사항을 늘어놓는 것으로 끝난다. 반면 셰익스피어는 윤리에는 큰 관심이 없고, 사랑을 위해 목숨도 바치는 청춘들의 열정과 순수함을 지극히 아름다운 언어로 그려 낸다.

이전 판본들과 셰익스피어 작품의 가장 큰 차이점은 바로 희극적 요소일 것이다. 「로미오와 줄리엣」은 희극과 비극이 절묘하게 결합되어 있고, 전반부는 전형적인 희극이다. 이 작품은 교육받지 못한 계층인 하인 샘슨과 그레고리의 등장으로 시작하는데, 첫 장면은 대사가 산문으로 이루어져 있고 음란한 성적 언어와 말장난으로 가득하다. 또 다른 하인인 피터가 등장하는 장면도 희극적이다. 심지어 그는 줄리엣의 위장된 죽음 때문에 결혼식이 장례식으로 바뀐 슬픈 분위기에서도 악사들과 재담을 주고받고 그들을 조롱하며 관객들에게 웃음을 유발한다. 줄리엣의 유모는 운문을 구사하지만 수다스러운 성적 농담을 통해 작품에 희극성을 더한다.

머큐쇼의 등장으로 작품의 희극성은 절정에 이른다. 머큐쇼는 베로나 통치자의 친척으로, 높은 신분의 귀족이지만 오히려 광대 역할에 더욱 어울릴 만한 인물이다. 그는 수다스럽고, 외설적이고 음탕한 농담을 즐기며, 언어 감각이 뛰어나 말장난에 능하고, 다른 인물의 행동과 습관을 비판하고 풍자하고 조롱한다. 절친한 친구인 로미오도 그의 풍자로부터 자유롭지 못하다. 유행에 민감한 젊은이다운 프랑스식 옷차림과 자기 연민에 찬 짝사랑은 머큐쇼에 의해 가차 없이 조롱당한다. 이런 머큐쇼가 죽으면서부터 작품은 희극에서 비극으로 전환된다. 머큐쇼는 비극보다는 희극에 어울리는, 너무나 희극적인 인물이기에 작품이 비극이 되려면 그가 사라져야 하는 것이다.

티볼트에 의해 머큐쇼가 죽음에 이르는 3막 1장부터 이 작품은 비극으로 전환되는데, 비극의 패턴에 있어서도 「로미오와 줄리엣」은 독특한 측면이 있다. 전통적으로 비극은 주인공이 파멸하는 데 있어 자신의 의지와는 상관없이 정해진 운명이 큰 역할을 하는가 아니면 주인공의 성격적 결함이 큰 역할을 하는가에 따라 〈운명 비극〉과 〈성격 비극〉으로 구분된다. 소포클레스의 「오이디푸스 왕」 같은 고대 그리스 비극은 조상에게서 이어진 저주로 인해 주인공이 비참한 최후를 맞이하도록 운명이 정해져 있으므로 운명 비극으로 분류되고, 셰익스피어의 비극 작품들은 대체로 성격적 결함 때문에 주인공이 죽음을 맞이하므로 성격 비극으로 분류된다. 그런데 「로미오와 줄리엣」은 셰익스피어의 작품으로서는 드물게 운명 비극에 속한다.

「로미오와 줄리엣」의 프롤로그에서 코러스는 〈불길한 별자리의 연인 한 쌍〉이라는 언급을 통해 태어날 때부터 로미오와 줄리엣의 불행한 운명이 정해져 있음을 암시한다. 등장인물들의 입을 통해서도 불행한 결말이 예고된다. 1막 4장에서 로미오는 홍겨운 축제의 현장으로 향하면서도 〈어떤 운명〉 때문에 〈때 이른 죽음〉으로 삶이 끝날 것 같은 불길한 예감에 사로잡힌다. 로미오가 몬터규 가문 사람임을 알게 된 줄리엣은 〈내 사랑의 탄생은 불길〉하다고 느끼고, 3막 1장에서 티볼트를 살해한 후 로미오는 자신이 〈운명의 노리개〉에 불과하다며 한탄한다. 3막 5장에서 로미오와 꿈같은 달콤한 밤을 보낸 뒤 사다리를 타고 내려가는 로미오를 보면서 줄리엣은 〈무덤 바닥에 누워 있는 죽은 사람〉 같다고 말한다.

「로미오와 줄리엣」에서 주인공을 비극으로 이끄는 이러한 운명은 고대 그리스 비극의 운명과는 조금 차이가 있다. 그리스 비극에서 운명은 인간의 삶과 죽음을 좌우하는 특정한 신이 죄에 대한 처벌로서 인간에게 씌운 굴레라면, 「로미오와 줄리엣」에서의 운명은 〈우연〉과 〈시간〉이다. 로미오는 티볼트와 머큐쇼의 싸움을 말리려고 끼어들지만 의도와 달리 그것이 머큐쇼의 죽음을 초래하는 우연한 계기가 되어 버린다. 우연한 사건으로 로런스 신부의 편지가 로미오에게 전달되지 못함으로써 로미오는 줄리엣이 죽었다고 착각하고 자살한다. 로런스 신부는 줄리엣 가문의 묘지에 갔으나 우연히 경비대가 들이닥쳐 줄리엣의 자살을 막지 못한다.

이러한 우연은 결국 시간의 문제와 연결된다. 하인 발터자가 줄리엣의 사망 소식을 로미오에게 그렇게 빨리 전달하지 않았다면, 로런스 신부가 편지를 다시 전할 시간이 있었다면 로미오의 자살을 막을 수 있었을 것이다. 로런스 신부가 조금 더 일찍 무덤에 도착했다면, 패리스 백작, 로미오, 줄리엣 세 사람 모두의 죽음을 막을 수도 있었을 것이다. 1막 5장에서 줄리엣은 〈모르는 채 너무 일찍 만났고, 알고 나니 너무 늦어 버렸네〉라며 시간에 대해 언급하는데, 시간은 너무 일러도 문제가 되고 너무 늦어도 문제가 된다. 로미오와 패리스의 시신을 발견한 로런스 신부는 〈참으로 몰인정한 시간이여, 네가 이렇게 비통한 짓을 저질렀구나!〉라며 비극적 사건의 책임을 시간 탓으로 돌린다. 이어 줄리엣에게 들려주는 〈맞설 수 없는 어떤 큰 힘이 우리가 의도했던 것을 좌절시켰단다〉라는 대사에서 〈큰 힘〉이란 인간의 힘으로 어찌할 수 없는 운명, 좀 더 구체적으로는 우연과 시간을 의미한다.

그러나 운명 비극이라고 해서 오로지 운명 때문에 주인공이 파멸한다기보다는, 주인공의 성격적 결함도 복합적으로 작용한다. 소포클레스의 「오이디푸스 왕」에서 오이디푸스 파멸의 주된 원인은 운명이지만, 자신의 비범한 능력에서 비롯된 오만함과 진실을 극단적으로 추구해 가는 성향, 성급함도 적지 않은 역할을 한다. 「로미오와 줄리엣」도 마찬가지이다. 로미오와 줄리엣은 10대 청춘 특유의 성급한 행동, 절제력 부족을 보여 준다. 로미오는 상사병에 걸릴 만큼 로절린을 깊이 사랑했지만 줄리엣을 처음 본 순간 곧장 새로운 사랑에 빠지고, 로미오에게 〈백조〉였던 로절린은 한순간 〈까마귀〉로 전락한다. 또한 로미오와 줄리엣은 만난 첫날 결혼을 약속하고, 일이 뜻대로 풀리지 않자 번갈아 가며 로런스 신부 앞에서 칼을 꺼내 자살하겠다고 협박할 만큼 성급하다. 2막 5장에서 로런스 신부가 〈격한 즐거움은 격한 끝을 맞이하고〉 〈너무 빠르면 너무 느린 것만큼 지체되는 법〉이니 서두르지 말고 절제하라고 조언하지만, 두 사람은 그렇게 하지 못했기 때문에 비극으로 나아간 것이다.

「로미오와 줄리엣」의 또 다른 실험적인 면모는 굉장히 시적이라는 것이다. 셰익스피어의 37~38편에 이르는 극작품들은 평균적으로 운문이 80퍼센트, 산문이 20퍼센트의 비중을 차지하지만 「로미오와 줄리엣」은 산문이 10퍼센트에 불과할 정도로 운문이 압도적이다. 그리고 셰익스피어의 극작품들은 각운이 없는 약강 5보격의 무운시*blank verse*들인데, 「로미오와 줄리엣」에는 각운이 있어 리듬감을 강화한다. 먼저 로런스 신부와 로미오의 대화만으로 이루어진 2막 2장은 모두 이행연구*couplet*로 끝난다. 두 사람이 돌아가며 대사를 하지만 서로 각운을 맞춤으로써 94행 전체가 한 편의 시인 듯 리듬감이 생긴다. 대화에서 서로 각운을 맞추는 것은 두 사람의 교육 수준이 높기 때문에 가능한 것이면서, 동시에 두 사람이 심리적·정서적으로 무척 가깝고 상대를 잘 이해한다는 의미이기도 하다.

「로미오와 줄리엣」에서 각운이 있는 다른 부분은 소네트가 등장하는 장면들이다. 소네트란 특정 각운 형식에 의해 연결된 약강 5보격의 14행으로 이루어진 서정시를 말한다. 이탈리아의 페트라르카는 오비디우스의 『사랑의 기술』을 모델로 하여 이상화된 여성에 대한 남성들의 일방적이고 맹목적인 사랑을 주제로 시를 썼는데, 이것이 바로 르네상스 시대의 꽃이라 불리는 소네트의 시작이다. 이탈리아의 소네트는 16세기 초 토머스 와이엇Thomas Wyatt과 서리 백작Earl of Surrey에 의해 영국에 도입되었고, 필립 시드니Philip Sidney와 에드먼드 스펜서Edmund Spenser는 각각 1591년에 소네트 108편과 노래 11편을 담은 『아스트로필과 스텔라 *Astrophel and Stella*』와 1595년에 소네트 89편으로 이루어진 『아모레티 *Amoretti*』를 출간하면서 영국 소네트의 전성기를 이룩한다. 셰익스피어는 1609년에 154편으로 된 소네트 연작 『소네트집』을 펴낸다.

셰익스피어는 소네트 연작을 펴내기 전에 「로미오와 줄리엣」에서 소네트를 미리 시험해 보는데, 서막의 코러스 대사, 2막 서두의 코러스 대사, 1막 5장에서 로미오와 줄리엣이 함께 완성하는 대사 등 세 곳에서 소네트가 등장한다. 세 부분 모두 각운 형식은 〈abab cdcd efef gg〉이며, 셰익스피어는 이후 『소네트집』에서도 동일한 각운 형식을 사용한다. 「로미오와 줄리엣」에 등장하는 세 편의 소네트 가운데 가장 주목할 만한 것은 1막 5장의 소네트이다. 로미오와 줄리엣은 처음 만난 순간의 첫 대화임에도 함께 14행으로 된 소네트 한 편을 완성한다. 이는 두 사람의 정신적 합일을 상징한다. 한쪽의 일방적인 감정이 아니라 서로 동일한 감정을 느꼈고, 처음부터 마음이 통했으며, 서로 완전한 사랑을 발견했음을 나타낸다.

「로미오와 줄리엣」에서 소네트는 형식적 측면뿐 아니라 주제적 측면에서도 중요하게 활용된다. 줄리엣과 사랑에 빠지기 전 로미오는 〈소네트적인 사랑〉에 빠져 있다. 본래 소네트는 맺어질 수 없는 여성에 대한 남성의 일방적이고 맹목적인 사랑을 주제로 한다. 소네트에서 여성은 도도하고 냉정하게 남성의 구애를 거부하며, 시의 화자인 남성은 이런 여성을 종교적 수준으로 숭상하고 찬미하는 동시에 상심해서 실의에 빠지고 침통해하며 사랑의 하소연을 한다. 로미오의 상황과 동일한 것이다. 로미오가 사랑하는 로절린은 차갑게 그의 구애를 거절하고, 로미오는 고통스러워하며 우울증에 빠져 있다. 또한 1막 2장에서 로미오는 로절린이 아닌 다른 여성이 아름다워 보인다면 〈신앙심이 경건한〉 자신의 눈은 〈명백한 이단이고, 거짓을 말하니 화형당하라지〉라고 말하며 자신의 짝사랑을 종교에 비유한다.

일반적으로 소네트 화자의 사랑은 육체적 접촉이 없는 정신적 사랑이므로, 화자는 자신이 순수하고 성스럽고 종교적 경지에 이른 사랑에 빠져 있다고 착각하며, 상대 여성을 진정으로 사랑하기보다는 오히려 그런 사랑에 빠진 자신과 자신의 감정을 사랑하며 자기 연민에 깊이 빠져 있다는 비판을 받는다. 셰익스피어도 소네트적인 사랑에 비판적인 듯 보인다. 셰익스피어의 『소네트집』 130번 소네트에서 화자는 사랑하는 여성을 묘사할 때 과장된 비유를 즐겨 사용하는 페트라르카의 전통과 이를 모방하는 시인들을 풍자하고 조롱하면서 자신은 있는 그대로의 여성의 모습을 사랑하겠노라고 다짐한다.

『소네트집』보다 앞서 출간된 「로미오와 줄리엣」에서도 유사한 비판 의식이 드러난다. 2막 3장에서 머큐쇼가 로미오를 가리켜 〈페트라르카식의 시를 쓸 준비가 된 셈〉이고 〈자기 아가씨에 비하면 페트라르카의 로라는 부엌데기에 불과하다고 생각하겠지〉라고 조롱하는 것이 한 예이다. 1막 1장에서 로미오는 벤볼리오에게 〈식사는 어디서 할까?〉라며 식욕을 내비치는데, 상사병을 앓는 이는 일반적으로 식욕을 잃지만 여기서 로미오는 식사에 관심을 보인다. 어떻게 보면 로미오는 겉멋으로 우울증에 빠진 것이다. 또한 2막 3장에서 로미오가 현재 유행하는 프랑스식 헐렁한 바지를 입고 있음이 언급되는데, 상사병과 우울증에 빠진 이가 유행에 신경 쓴다는 점도 로미오가 진정한 사랑이 아니라 유행하는 소네트적 사랑을 하고 있음을 암시한다. 〈네 사랑은 뭔지도 모르는 채 외워 읊어 대는 것〉이라는 로런스 신부의 지적도 맥락을 같이 한다.

관념적이고 허식적인 사랑으로부터 로미오를 구원하는 사람은 줄리엣이다. 그녀는 로미오에게 〈호의에는 호의로, 사랑에는 사랑으로〉 응답함으로써 진정한 사랑이 무엇인지 깨닫게 해준다. 결혼에 전혀 관심이 없던 줄리엣은 로미오를 만나면서 운명적 사랑에 빠지는데, 먼저 결혼을 제안하고 언약의 반지도 먼저 건넬 만큼 적극적이고 진취적이다. 로미오가 추방당해 희망이 전혀 없는 상황에서도 사랑을 지키기 위해 가부장인 아버지의 권위에 맞서고, 가사 상태에 빠지는 독약도 마다하지 않을 정도로 용감하다. 셰익스피어의 비극 작품에서 여성 인물들은 희극과 달리 대체로 수동적으로 희생당하는 경우가 많지만, 줄리엣은 대조적인 양상을 보여 준다.

「로미오와 줄리엣」은 시의 형식을 차용하는 것 외에도 시적 언어도 인상적으로 구사한다. 1막 1장에서 몬터규는 동쪽 하늘에서 태양이 떠오르는 장면을 〈만물에 활기를 돋우는 태양이 새벽의 여신 오로라의 침대에 드리운 장막을 머나먼 동쪽에서 걷어 내기 시작하면〉이라고 묘사하고, 1막 1장에서 로미오는 사랑에 빠진 연인에 대해 〈사랑은 한숨을 내쉬어 생기는 연기 같아서 맑아지면 연인의 눈에 불꽃이 일고 흐려지면 연인의 눈물로 바다를 이루지〉라고 설명한다. 2막 1장에서 줄리엣은 로미오와 헤어지면서 〈다시 만날 때면, 여름의 무르익은 바람결에 우리 사랑의 싹이 아름다운 꽃을 피우겠죠〉라며 다음 만남을 기약한다. 4막 4장에서 캐풀렛은 딸이 죽어 있는 것을 발견하고는 〈들판에서 가장 향기로운 꽃에 내린 서리처럼 죽음이 우리 애에게 내려앉았구나〉라고 한탄한다. 이렇듯 「로미오와 줄리엣」에는 아름다운 시적 묘사가 많지만, 가장 유명한 구절 가운데 하나는 〈장미는 다른 이름으로 불려도 달콤한 향기는 변치 않으니〉일 것이다. 두 사람의 사랑을 가로막는 가장 큰 장애가 가문의 이름임을 인식한 줄리엣의 이 독백은, 관객과 독자들에게 이름과 정체성의 관계, 형식과 본질의 관계, 언어와 존재의 관계, 기표와 기의의 관계 등에 대한 복합적 화두를 던진다.

본 번역은 『노튼 셰익스피어 전집*The Norton Shakespeare*』(2008)을 저본으로 삼았으며, 『옥스퍼드 셰익스피어: 로미오와 줄리엣*Oxford Shakespeare: Romeo and Juliet*』(2000)과 『아든 셰익스피어: 로미오와 줄리엣*Arden Shakespeare: Romeo and Juliet*』(2018)을 함께 참고했다. 본 번역의 주된 목표는 현대 젊은 독자들이 쉽게 읽을 수 있고, 연극 무대에 올릴 수 있도록 대사가 자연스러워야 한다는 것이다. 그래서 현대에 사용되지 않는 옛 어투나 낯선 표현, 어려운 한자어 등은 지양했다. 「로미오와 줄리엣」은 운문이 90퍼센트를 차지하고 산문이 10퍼센트를 차지한다. 운문과 산문은 각각 사용 계층과 사용 상황이 다르며, 어느 쪽을 사용하는가에 따라 인물의 심리 변화도 발생하기 때문에 본 번역은 원문에 충실하게 운문과 산문을 구분했다. 또한 읽기에 방해되지 않도록 각주를 최소한으로 자제했다.

2020년 10월

도해자

윌리엄 셰익스피어 연보

1558년 엘리자베스 1세 등극.

1564년 출생 영국 스트랫퍼드어폰에이번에서 부유한 상인인 존 셰익스피어John Shakespeare와 메리 아든Mary Arden의 셋째 아이이자 장남으로 태어남. 4월 26일 세례를 받음. 동료 작가 크리스토퍼 말로도 이 해에 태어남.

1573년 9세 후에 사우샘프턴 백작Earl of Southampton이 되어 셰익스피어를 후원하는 헨리 리즐리Henry Wriothesley 태어남.

1576년 12세 영국 최초의 공공 극장인 〈시어터 극장The Theatre〉이 건립됨.

1582년 18세 여덟 살 연상인 앤 해서웨이Anne Hathaway와 결혼.

1583년 19세 장녀 수잔나Susanna 태어남. 5월 26일 세례를 받음.

1585년 21세 쌍둥이 아들 햄닛Hamnet과 딸 주디스Judith 태어남.

1587년 23세 영국으로 망명와 있던 스코틀랜드의 메리 여왕이 반란 혐의로 처형됨.

1588년 24세 프랜시스 드레이크 경Sir Francis Drake이 스페인의 무적함대인 아르마다를 무찌름.

1589년 25세 「헨리 6세Henry VI」 제1부 집필.

1590~1591년 26~27세 「헨리 6세」 제2부와 제3부 집필.

1592년 28세 극작가 로버트 그린Robert Greene이 〈많은 후회로 얻은 서푼짜리 기지A Groatsworth of Wit Bought with a Million of Repentance〉라는 제목의 팸플릿에서 셰익스피어의 유명세를 비난함. 런던에 흑사병이 창궐하여 7월부터 1594년 6월까지 극장 폐쇄. 극단들은 지방 순회공연을 다님. 「리처드 3세Richard III」, 시집 『비너스와 아도니스*Venus and Adonis*』, 「실수 희극The Comedy of Errors」 집필.

1593년 29세 후원자인 사우샘프턴 백작에게 헌정하여 『비너스와 아도니스』 출간. 「타이터스 앤드로니커스Titus Andronicus」, 「말괄량이 길들이기The Taming of the Shrew」 집필.

1594년 30세 시집 『루크리스의 겁탈*The Rape of Lucrece*』 출간, 역시 사우샘프턴 백작에게 헌정함. 「베로나의 두 신사Two Gentlemen of Verona」, 「사랑의 헛수고Lover's Labour's Lost」, 「존 왕King John」 집필. 여왕의 전의(典醫)인 로페즈Rodrigo López가 여왕 독살 혐의로 처형됨. 〈궁내 장관 극단The Chamberlain's Men〉이 창설됨.

1595년 31세 「리처드 2세Richard II」, 「로미오와 줄리엣Romeo and Juliet」, 「한여름 밤의 꿈A Midsummer Night's Dream」 집필.

1596년 32세 아버지 존 셰익스피어가 문장(紋章) 사용을 허가받아 〈신사〉로 서명할 수 있게 됨. 아들 햄닛 사망. 「베니스의 상인The Merchant of Venice」과 「헨리 4세Henry IV」 제1부 집필.

1597년 33세 스트랫퍼드의 대저택 뉴플레이스를 매입함. 「윈저의 즐거운 아낙네들Merry Wives of Windsor」 집필.

1598년 34세 「헨리 4세」 제2부, 「헛소동Much Ado About Nothing」 집필.

1599년 35세 「헨리 5세Henry V」, 「줄리어스 시저Julius Caesar」, 「좋

으실 대로As You Like It」 집필. 에섹스 백작The Earl of Essex이 아일랜드 평정에 실패한 후 여왕의 명에 반하여 귀국했다가 연금됨. 풍자물 출판 금지령이 선포됨. 〈글로브 극장The Globe〉 설립.

1600년 36세 「햄릿Hamlet」 집필.

1601년 37세 1600년에 석방된 에섹스 백작이 쿠데타를 일으키기 전날 밤 「리처드 2세」의 공연을 요청함. 쿠데타 후 에섹스 백작은 반란죄로 처형되고, 셰익스피어의 후원자인 사우샘프턴 백작도 이 반란에 연루되어 수감됨. 「십이야Twelfth Night」, 「트로일로스와 크레시다Troilus and Cressida」 집필.

1602년 38세 「끝이 좋으면 다 좋아All's Well That Ends Well」 집필.

1603년 39세 엘리자베스 1세 사망. 스코틀랜드의 제임스 6세가 제임스 1세로 등극하여 스튜어트 왕조 시작. 〈궁내 장관 극단〉의 명칭이 〈왕의 극단King's Men〉으로 바뀜.

1604년 40세 「자에는 자로Measure for Measure」, 「오셀로Othello」 집필.

1605년 41세 「리어 왕King Lear」 집필. 11월 5일 제임스 1세의 가톨릭 박해 정책에 항거하여 영국에서 가톨릭교도들이 의사당 지하실에 화약을 묻어 놓고 제임스 1세의 가족과 대신, 의원들을 죽이려 한 이른바 〈화약 음모 사건Gunpowder Plot〉이 발생함.

1606년 42세 화약 음모 사건의 주동자인 포크스Guido Fawkes와 예수회 신부 가네트Henry Garnet가 처형됨. 「맥베스Macbeth」, 「안토니와 클레오파트라Antony and Cleopatra」 집필.

1607년 43세 「코리오레이너스Coriolanus」, 「아테네의 타이먼Timon of Athens」, 「페리클레스Pericles」 집필.

1609년 45세 「심벌린Cymbelin」 집필. 『소네트집*Sonnets*』 출간.

1610년 46세 「겨울 이야기The Winter's Tale」 집필.

1611년 47세 「폭풍우The Tempest」 집필.

1612년 48세 존 플레처John Fletcher와 함께 「헨리 8세Henry VIII」 집필.

1613년 49세 존 플레처와 「고결한 두 친척The Two Noble Kinsmen」 집필. 「헨리 8세」 공연 중 화재로 글로브 극장이 소실됨.

1614년 50세 글로브 극장 재개관.

1616년 52세 딸 주디스 결혼. 4월 23일 윌리엄 셰익스피어 사망.

1623년 아내 앤 해서웨이 사망. 존 헤밍스John Heminges과 헨리 콘델Henry Condell에 의해 36개의 극이 수록된 최초의 극전집 『제1이절판*The First Folio*』 출간.

열린책들 세계문학 257 로미오와 줄리엣

옮긴이 도해자 한국외국어대학교에서 「현대 여성 소설가들의 셰익스피어 다시 쓰기에 대한 연구」로 박사 학위를 받았고, 현재 한국외국어대학교에서 셰익스피어 및 영문학을 강의하고 있다. 연구 논문으로는 「셰익스피어 비극에 대한 북한의 인식」, 「북한에서 〈근대〉 영문학을 보는 시각」, 「마크 트웨인의 셰익스피어 전유」, 「글로리아 네일러의 셰익스피어 다시 쓰기: 〈마마 데이〉를 중심으로」, 「〈페리클레스〉와 〈겨울 이야기〉에서의 생소화 효과」 등 다수가 있다. 지은 책으로 『여성 문화의 새로운 시각 7』(공저)이 있고, 옮긴 책으로 셰익스피어 희곡 『말괄량이 길들이기』와 누르딘 파라의 장편소설 『해적』이 있다.

지은이 윌리엄 셰익스피어 **옮긴이** 도해자 **발행인** 홍지웅 · 홍예빈
발행처 주식회사 열린책들 **주소** 경기도 파주시 문발로 253 파주출판도시
전화 031-955-4000 **팩스** 031-955-4004 **홈페이지** www.openbooks.co.kr

ISBN 978-89-329-1257-8 04840 **ISBN** 978-89-329-1499-2 (세트)
발행일 2020년 10월 30일 세계문학판 1쇄

이 도서의 국립중앙도서관 출판예정도서목록(CIP)은 서지정보유통지원시스템 홈페이지(http://seoji.nl.go.kr)와 국가자료공동목록시스템(http://www.nl.go.kr/kolisnet)에서 이용하실 수 있습니다.(CIP제어번호 : CIP2020043521)

열린책들 세계문학
Open Books World Literature

001 **죄와 벌** 표도르 도스또예프스끼 장편소설 | 홍대화 옮김 | 전2권 | 각 408, 512면
003 **최초의 인간** 알베르 카뮈 장편소설 | 김화영 옮김 | 392면
004 **소설** 제임스 미치너 장편소설 | 윤희기 옮김 | 전2권 | 각 280, 368면
006 **개를 데리고 다니는 부인** 안똔 체호프 소설선집 | 오종우 옮김 | 368면
007 **우주 만화** 이탈로 칼비노 단편집 | 김운찬 옮김 | 416면
008 **댈러웨이 부인** 버지니아 울프 장편소설 | 최애리 옮김 | 296면
009 **어머니** 막심 고리끼 장편소설 | 최윤락 옮김 | 544면
010 **변신** 프란츠 카프카 중단편집 | 홍성광 옮김 | 464면
011 **전도서에 바치는 장미** 로저 젤라즈니 중단편집 | 김상훈 옮김 | 432면
012 **대위의 딸** 알렉산드르 뿌쉬낀 장편소설 | 석영중 옮김 | 240면
013 **바다의 침묵** 베르코르 소설선집 | 이상해 옮김 | 256면
014 **원수들, 사랑 이야기** 아이작 싱어 장편소설 | 김진준 옮김 | 320면
015 **백치** 표도르 도스또예프스끼 장편소설 | 김근식 옮김 | 전2권 | 각 504, 528면
017 **1984년** 조지 오웰 장편소설 | 박경서 옮김 | 392면
018 **수용소군도** 알렉산드르 솔제니찐 기록문학 | 김학수 옮김 | 464면
019 **이상한 나라의 앨리스** 루이스 캐럴 환상동화 | 머빈 피크 그림 | 최용준 옮김 | 336면
020 **베네치아에서의 죽음** 토마스 만 중단편집 | 홍성광 옮김 | 432면
021 **그리스인 조르바** 니코스 카잔차키스 장편소설 | 이윤기 옮김 | 488면
022 **벚꽃 동산** 안똔 체호프 희곡선집 | 오종우 옮김 | 336면
023 **연애 소설 읽는 노인** 루이스 세풀베다 장편소설 | 정창 옮김 | 192면
024 **젊은 사자들** 어윈 쇼 장편소설 | 정영문 옮김 | 전2권 | 각 416, 408면
026 **젊은 베르테르의 슬픔** 요한 볼프강 폰 괴테 장편소설 | 김인순 옮김 | 240면
027 **시라노** 에드몽 로스탕 희곡 | 이상해 옮김 | 256면
028 **전망 좋은 방** E. M. 포스터 장편소설 | 고정아 옮김 | 352면
029 **까라마조프 씨네 형제들** 표도르 도스또예프스끼 장편소설 | 이대우 옮김 | 전3권 | 각 496, 496, 460면
032 **프랑스 중위의 여자** 존 파울즈 장편소설 | 김석희 옮김 | 전2권 | 각 344면
034 **소립자** 미셸 우엘벡 장편소설 | 이세욱 옮김 | 448면

035 **영혼의 자서전** 니코스 카잔차키스 자서전 | 안정효 옮김 | 전2권 | 각 352, 408면

037 **우리들** 예브게니 자먀찐 장편소설 | 석영중 옮김 | 320면

038 **뉴욕 3부작** 폴 오스터 장편소설 | 황보석 옮김 | 480면

039 **닥터 지바고** 보리스 빠스쩨르나끄 장편소설 | 박형규 옮김 | 전2권 | 각 400, 512면

041 **고리오 영감** 오노레 드 발자크 장편소설 | 임희근 옮김 | 456면

042 **뿌리** 알렉스 헤일리 장편소설 | 안정효 옮김 | 전2권 | 각 400, 448면

044 **백년보다 긴 하루** 친기즈 아이뜨마또프 장편소설 | 황보석 옮김 | 560면

045 **최후의 세계** 크리스토프 란스마이어 장편소설 | 장희권 옮김 | 264면

046 **추운 나라에서 돌아온 스파이** 존 르카레 장편소설 | 김석희 옮김 | 368면

047 **산도칸 – 몸프라쳄의 호랑이** 에밀리오 살가리 장편소설 | 유향란 옮김 | 428면

048 **기적의 시대** 보리슬라프 페키치 장편소설 | 이윤기 옮김 | 560면

049 **그리고 죽음** 짐 크레이스 장편소설 | 김석희 옮김 | 224면

050 **세설** 다니자키 준이치로 장편소설 | 송태욱 옮김 | 전2권 | 각 480면

052 **세상이 끝날 때까지 아직 10억 년** 스뜨루가츠끼 형제 장편소설 | 석영중 옮김 | 224면

053 **동물 농장** 조지 오웰 장편소설 | 박경서 옮김 | 208면

054 **캉디드 혹은 낙관주의** 볼테르 장편소설 | 이봉지 옮김 | 232면

055 **도적 떼** 프리드리히 폰 실러 희곡 | 김인순 옮김 | 264면

056 **플로베르의 앵무새** 줄리언 반스 장편소설 | 신재실 옮김 | 320면

057 **악령** 표도르 도스또예프스끼 장편소설 | 박혜경 옮김 | 전3권 | 각 328, 408, 528면

060 **의심스러운 싸움** 존 스타인벡 장편소설 | 윤희기 옮김 | 340면

061 **몽유병자들** 헤르만 브로흐 장편소설 | 김경연 옮김 | 전2권 | 각 568, 544면

063 **몰타의 매** 대실 해밋 장편소설 | 고정아 옮김 | 304면

064 **마야꼬프스끼 선집** 블라지미르 마야꼬프스끼 선집 | 석영중 옮김 | 384면

065 **드라큘라** 브램 스토커 장편소설 | 이세욱 옮김 | 전2권 | 각 340, 344면

067 **서부 전선 이상 없다** 에리히 마리아 레마르크 장편소설 | 홍성광 옮김 | 336면

068 **적과 흑** 스탕달 장편소설 | 임미경 옮김 | 전2권 | 각 432, 368면

070 **지상에서 영원으로** 제임스 존스 장편소설 | 이종인 옮김 | 전3권 | 각 396, 380, 496면

073 **파우스트** 요한 볼프강 폰 괴테 희곡 | 김인순 옮김 | 568면

074 **쾌걸 조로** 존스턴 매컬리 장편소설 | 김훈 옮김 | 316면

075 **거장과 마르가리따** 미하일 불가꼬프 장편소설 | 홍대화 옮김 | 전2권 | 각 364, 328면

077 **순수의 시대** 이디스 워튼 장편소설 | 고정아 옮김 | 448면

078 **검의 대가** 아르투로 페레스 레베르테 장편소설 | 김수진 옮김 | 384면

079 **예브게니 오네긴** 알렉산드르 뿌쉬낀 운문소설 | 석영중 옮김 | 328면

080 **장미의 이름** 움베르토 에코 장편소설 | 이윤기 옮김 | 전2권 | 각 440, 448면

082 **향수** 파트리크 쥐스킨트 장편소설 | 강명순 옮김 | 384면

083 **여자를 안다는 것** 아모스 오즈 장편소설 | 최창모 옮김 | 280면

084 **나는 고양이로소이다** 나쓰메 소세키 장편소설 | 김난주 옮김 | 544면

085 **웃는 남자** 빅토르 위고 장편소설 | 이형식 옮김 | 전2권 | 각 472, 496면

087 **아웃 오브 아프리카** 카렌 블릭센 장편소설 | 민승남 옮김 | 480면

088 **무엇을 할 것인가** 니꼴라이 체르니셰프스끼 장편소설 | 서정록 옮김 | 전2권 | 각 360, 404면

090 **도나 플로르와 그녀의 두 남편** 조르지 아마두 장편소설 | 오숙은 옮김 | 전2권 | 각 408, 308면

092 **미사고의 숲** 로버트 홀드스톡 장편소설 | 김상훈 옮김 | 424면

093 **신곡** 단테 알리기에리 장편서사시 | 김운찬 옮김 | 전3권 | 각 292, 296, 328면

096 **교수** 샬럿 브론테 장편소설 | 배미영 옮김 | 368면

097 **노름꾼** 표도르 도스또예프스끼 장편소설 | 이재필 옮김 | 320면

098 **하워즈 엔드** E. M. 포스터 장편소설 | 고정아 옮김 | 512면

099 **최후의 유혹** 니코스 카잔차키스 장편소설 | 안정효 옮김 | 전2권 | 각 408면

101 **키리냐가** 마이크 레스닉 장편소설 | 최용준 옮김 | 464면

102 **바스커빌가의 개** 아서 코넌 도일 장편소설 | 조영학 옮김 | 264면

103 **버마 시절** 조지 오웰 장편소설 | 박경서 옮김 | 408면

104 **10 1/2장으로 쓴 세계 역사** 줄리언 반스 장편소설 | 신재실 옮김 | 464면

105 **죽음의 집의 기록** 표도르 도스또예프스끼 장편소설 | 이덕형 옮김 | 528면

106 **소유** 앤토니어 수전 바이어트 장편소설 | 윤희기 옮김 | 전2권 | 각 440, 488면

108 **미성년** 표도르 도스또예프스끼 장편소설 | 이상룡 옮김 | 전2권 | 각 512, 544면

110 **성 앙투안느의 유혹** 귀스타브 플로베르 희곡소설 | 김용은 옮김 | 584면

111 **밤으로의 긴 여로** 유진 오닐 희곡 | 강유나 옮김 | 240면

112 **마법사** 존 파울즈 장편소설 | 정영문 옮김 | 전2권 | 각 512, 552면

114 **스쩨빤치꼬보 마을 사람들** 표도르 도스또예프스끼 장편소설 | 변현태 옮김 | 416면

115 **플랑드르 거장의 그림** 아르투로 페레스 레베르테 장편소설 | 정창 옮김 | 512면

116 **분신** 표도르 도스또예프스끼 장편소설 | 석영중 옮김 | 288면

117 **가난한 사람들** 표도르 도스또예프스끼 장편소설 | 석영중 옮김 | 256면

118 **인형의 집** 헨리크 입센 희곡 | 김창화 옮김 | 272면

119 **영원한 남편** 표도르 도스또예프스끼 장편소설 | 정명자 외 옮김 | 448면

120 **알코올** 기욤 아폴리네르 시집 | 황현산 옮김 | 352면

121 **지하로부터의 수기** 표도르 도스또예프스끼 장편소설 | 계동준 옮김 | 256면

122 **어느 작가의 오후** 페터 한트케 중편소설 | 홍성광 옮김 | 160면

123 **아저씨의 꿈** 표도르 도스또예프스끼 장편소설 | 박종소 옮김 | 312면

124 **네또츠까 네즈바노바** 표도르 도스또예프스끼 장편소설 | 박재만 옮김 | 316면

125 **곤두박질** 마이클 프레인 장편소설 | 최용준 옮김 | 528면

126 **백야 외** 표도르 도스또예프스끼 소설선집 | 석영중 외 옮김 | 408면

127 **살라미나의 병사들** 하비에르 세르카스 장편소설 | 김창민 옮김 | 304면

128 **뻬쩨르부르그 연대기 외** 표도르 도스또예프스끼 소설선집 | 이항재 옮김 | 296면

129 **상처받은 사람들** 표도르 도스또예프스끼 장편소설 | 윤우섭 옮김 | 전2권 | 각 296, 392면

131 **악어 외** 표도르 도스또예프스끼 소설선집 | 박혜경 외 옮김 | 312면

132 **허클베리 핀의 모험** 마크 트웨인 장편소설 | 윤교찬 옮김 | 416면

133 **부활** 레프 똘스또이 장편소설 | 이대우 옮김 | 전2권 | 각 308, 416면

135 **보물섬** 로버트 루이스 스티븐슨 장편소설 | 머빈 피크 그림 | 최용준 옮김 | 360면

136 **천일야화** 앙투안 갈랑 엮음 | 임호경 옮김 | 전6권 | 각 336, 328, 372, 392, 344, 320면

142 **아버지와 아들** 이반 뚜르게네프 장편소설 | 이상원 옮김 | 328면

143 **오만과 편견** 제인 오스틴 장편소설 | 원유경 옮김 | 480면

144 **천로 역정** 존 버니언 우화소설 | 이동일 옮김 | 432면

145 **대주교에게 죽음이 오다** 윌라 캐더 장편소설 | 윤명옥 옮김 | 352면

146 **권력과 영광** 그레이엄 그린 장편소설 | 김연수 옮김 | 384면

147 **80일간의 세계 일주** 쥘 베른 장편소설 | 고정아 옮김 | 352면

148 **바람과 함께 사라지다** 마거릿 미첼 장편소설 | 안정효 옮김 | 전3권 | 각 616, 640, 640면

151 **기탄잘리** 라빈드라나트 타고르 시집 | 장경렬 옮김 | 224면

152 **도리언 그레이의 초상** 오스카 와일드 장편소설 | 윤희기 옮김 | 384면

153 **레우코와의 대화** 체사레 파베세 희곡소설 | 김운찬 옮김 | 280면

154 **햄릿** 윌리엄 셰익스피어 희곡 | 박우수 옮김 | 256면

155 **맥베스** 윌리엄 셰익스피어 희곡 | 권오숙 옮김 | 176면

156 **아들과 연인** 데이비드 허버트 로런스 장편소설 | 최희섭 옮김 | 전2권 | 각 464, 432면

158 **그리고 아무 말도 하지 않았다** 하인리히 뵐 장편소설 | 홍성광 옮김 | 272면

159 **미덕의 불운** 싸드 장편소설 | 이형식 옮김 | 248면

160 **프랑켄슈타인** 메리 W. 셸리 장편소설 | 오숙은 옮김 | 320면
161 **위대한 개츠비** 프랜시스 스콧 피츠제럴드 장편소설 | 한애경 옮김 | 280면
162 **아Q정전** 루쉰 중단편집 | 김태성 옮김 | 320면
163 **로빈슨 크루소** 대니얼 디포 장편소설 | 류경희 옮김 | 456면
164 **타임머신** 허버트 조지 웰스 소설선집 | 김석희 옮김 | 304면
165 **제인 에어** 샬럿 브론테 장편소설 | 이미선 옮김 | 전2권 | 각 392, 384면
167 **풀잎** 월트 휘트먼 시집 | 허현숙 옮김 | 280면
168 **표류자들의 집** 기예르모 로살레스 장편소설 | 최유정 옮김 | 216면
169 **배빗** 싱클레어 루이스 장편소설 | 이종인 옮김 | 520면
170 **이토록 긴 편지** 마리아마 바 장편소설 | 백선희 옮김 | 192면
171 **느릅나무 아래 욕망** 유진 오닐 희곡 | 손동호 옮김 | 168면
172 **이방인** 알베르 카뮈 장편소설 | 김예령 옮김 | 208면
173 **미라마르** 나기브 마푸즈 장편소설 | 허진 옮김 | 288면
174 **지킬 박사와 하이드 씨** 로버트 루이스 스티븐슨 소설선집 | 조영학 옮김 | 320면
175 **루진** 이반 뚜르게네프 장편소설 | 이항재 옮김 | 264면
176 **피그말리온** 조지 버나드 쇼 희곡 | 김소임 옮김 | 256면
177 **목로주점** 에밀 졸라 장편소설 | 유기환 옮김 | 전2권 | 각 336면
179 **엠마** 제인 오스틴 장편소설 | 이미애 옮김 | 전2권 | 각 336, 360면
181 **비숍 살인 사건** S. S. 밴 다인 장편소설 | 최인자 옮김 | 464면
182 **우신예찬** 에라스무스 풍자문 | 김남우 옮김 | 296면
183 **하자르 사전** 밀로라드 파비치 장편소설 | 신현철 옮김 | 488면
184 **테스** 토머스 하디 장편소설 | 김문숙 옮김 | 전2권 | 각 392, 336면
186 **투명 인간** 허버트 조지 웰스 장편소설 | 김석희 옮김 | 288면
187 **93년** 빅토르 위고 장편소설 | 이형식 옮김 | 전2권 | 각 288, 360면
189 **젊은 예술가의 초상** 제임스 조이스 장편소설 | 성은애 옮김 | 384면
190 **소네트집** 윌리엄 셰익스피어 연작시집 | 박우수 옮김 | 200면
191 **메뚜기의 날** 너새니얼 웨스트 장편소설 | 김진준 옮김 | 280면
192 **나사의 회전** 헨리 제임스 중편소설 | 이승은 옮김 | 256면
193 **오셀로** 윌리엄 셰익스피어 희곡 | 권오숙 옮김 | 216면
194 **소송** 프란츠 카프카 장편소설 | 김재혁 옮김 | 376면
195 **나의 안토니아** 윌라 캐더 장편소설 | 전경자 옮김 | 368면

196 **자성록** 마르쿠스 아우렐리우스 명상록 | 박민수 옮김 | 240면

197 **오레스테이아** 아이스킬로스 비극 | 두행숙 옮김 | 336면

198 **노인과 바다** 어니스트 헤밍웨이 소설선집 | 이종인 옮김 | 320면

199 **무기여 잘 있거라** 어니스트 헤밍웨이 장편소설 | 이종인 옮김 | 464면

200 **서푼짜리 오페라** 베르톨트 브레히트 희곡선집 | 이은희 옮김 | 320면

201 **리어 왕** 윌리엄 셰익스피어 희곡 | 박우수 옮김 | 224면

202 **주홍 글자** 너대니얼 호손 장편소설 | 곽영미 옮김 | 360면

203 **모히칸족의 최후** 제임스 페니모어 쿠퍼 장편소설 | 이나경 옮김 | 512면

204 **곤충 극장** 카렐 차페크 희곡선집 | 김선형 옮김 | 360면

205 **누구를 위하여 종은 울리나** 어니스트 헤밍웨이 장편소설 | 이종인 옮김 | 전2권 | 각 416, 400면

207 **타르튀프** 몰리에르 희곡선집 | 신은영 옮김 | 416면

208 **유토피아** 토머스 모어 소설 | 전경자 옮김 | 288면

209 **인간과 초인** 조지 버나드 쇼 희곡 | 이후지 옮김 | 320면

210 **페드르와 이폴리트** 장 라신 희곡 | 신정아 옮김 | 200면

211 **말테의 수기** 라이너 마리아 릴케 장편소설 | 안문영 옮김 | 320면

212 **등대로** 버지니아 울프 장편소설 | 최애리 옮김 | 328면

213 **개의 심장** 미하일 불가꼬프 중편소설집 | 정연호 옮김 | 352면

214 **모비 딕** 허먼 멜빌 장편소설 | 강수정 옮김 | 전2권 | 각 464, 488면

216 **더블린 사람들** 제임스 조이스 단편소설집 | 이강훈 옮김 | 336면

217 **마의 산** 토마스 만 장편소설 | 윤순식 옮김 | 전3권 | 각 496, 488, 512면

220 **비극의 탄생** 프리드리히 니체 | 김남우 옮김 | 320면

221 **위대한 유산** 찰스 디킨스 장편소설 | 류경희 옮김 | 전2권 | 각 432, 448면

223 **사람은 무엇으로 사는가** 레프 똘스또이 소설선집 | 윤새라 옮김 | 464면

224 **자살 클럽** 로버트 루이스 스티븐슨 소설선집 | 임종기 옮김 | 272면

225 **채털리 부인의 연인** 데이비드 허버트 로런스 장편소설 | 이미선 옮김 | 전2권 | 각 336, 328면

227 **데미안** 헤르만 헤세 장편소설 | 김인순 옮김 | 264면

228 **두이노의 비가** 라이너 마리아 릴케 시 선집 | 손재준 옮김 | 504면

229 **페스트** 알베르 카뮈 장편소설 | 최윤주 옮김 | 432면

230 **여인의 초상** 헨리 제임스 장편소설 | 정상준 옮김 | 전2권 | 각 520, 544면

232 **성** 프란츠 카프카 장편소설 | 이재황 옮김 | 560면

233 **차라투스트라는 이렇게 말했다** 프리드리히 니체 산문시 | 김인순 옮김 | 464면

234 **노래의 책** 하인리히 하이네 시집 | 이재영 옮김 | 384면

235 **변신 이야기** 오비디우스 서사시 | 이종인 옮김 | 632면

236 **안나 까레니나** 레프 똘스또이 장편소설 | 이명현 옮김 | 전2권 | 각 800, 736면

238 **이반 일리치의 죽음 · 광인의 수기** 레프 똘스또이 중단편집 | 석영중 · 정지원 옮김 | 232면

239 **수레바퀴 아래서** 헤르만 헤세 장편소설 | 강명순 옮김 | 272면

240 **피터 팬** J. M. 배리 장편소설 | 최용준 옮김 | 272면

241 **정글 북** 러디어드 키플링 중단편집 | 오숙은 옮김 | 272면

242 **한여름 밤의 꿈** 윌리엄 셰익스피어 희곡 | 박우수 옮김 | 160면

243 **좁은 문** 앙드레 지드 장편소설 | 김화영 옮김 | 264면

244 **모리스** E. M. 포스터 장편소설 | 고정아 옮김 | 408면

245 **브라운 신부의 순진** 길버트 키스 체스터턴 단편집 | 이상원 옮김 | 336면

246 **각성** 케이트 쇼팽 장편소설 | 한애경 옮김 | 272면

247 **뷔히너 전집** 게오르크 뷔히너 지음 | 박종대 옮김 | 400면

248 **디미트리오스의 가면** 에릭 앰블러 장편소설 | 최용준 옮김 | 424면

249 **베르가모의 페스트 외** 옌스 페테르 야콥센 중단편 전집 | 박종대 옮김 | 208면

250 **폭풍우** 윌리엄 셰익스피어 희곡 | 박우수 옮김 | 176면

251 **어셴든, 영국 정보부 요원** 서머싯 몸 연작 소설집 | 이민아 옮김 | 416면

252 **기나긴 이별** 레이먼드 챈들러 장편소설 | 김진준 옮김 | 600면

253 **인도로 가는 길** E. M. 포스터 장편소설 | 민승남 옮김 | 552면

254 **올랜도** 버지니아 울프 장편소설 | 이미애 옮김 | 376면

255 **시지프 신화** 알베르 카뮈 지음 | 박언주 옮김 | 264면

256 **조지 오웰 산문선** 조지 오웰 지음 | 허진 옮김 | 424면

257 **로미오와 줄리엣** 윌리엄 셰익스피어 희곡 | 도해자 옮김 | 200면

각 권 8,800~15,800원